미궁

만날 수 없었던

김영태

가브리엘 가르시아 마르케스

꿈

파란시선 0030 미궁

1판 1쇄 펴낸날 2018년 10월 20일
지은이 박용진
디자인 최선영
인쇄인 (주)두경 정지오
펴낸이 채상우
펴낸곳 (주)함께하는출판그룹파란
등록번호 제2015-000068호
등록일자 2015년 9월 15일
주소 (10387) 경기도 고양시 일산서구 중앙로 1455 대우시티프라자 B1 202호
전화 031-919-4288
팩스 031-919-4287
모바일팩스 0504-441-3439
이메일 bookparan2015@hanmail.net

ISBN 979-11-87756-27-9 04810
    979-11-956331-0-4 04810 (세트)

값 10,000원

미궁

박용진 시집

우리의 밤은 깊고 해가 없습니다
서로의 눈을 바라보지 못할 만큼 밝고 슬퍼서
우리의 밤은 깊고 달이 없습니다
서로의 눈을 바라보지 못할 만큼 어둡고 슬퍼서
당신에게 해 줄 말이 없습니다

아버지가 우리를 삼키는 동안
그저 오래 사랑에 대해 생각했습니다

차례

시인의 말

제2부

제3부

제1부

인터체인지

볕 잘 드는 마루에서
배부른 엄마가 잠든 애기 볼을 쓸고 있다
밤에는 해가 없다 그러나 달도 없고

숨 가쁜 개 한 마리 어슬렁거린다
개나리꽃 노란 봄날 약수터에는
아이를 퍼다 나르는 노인들이 많다

따뜻한 남쪽 나라에 기록적인 폭설이 내린다
누이의 뒤에서 허리를 껴안는 소년과
그들을 둘러싼 커다란 벚나무들
또 낮은 길다

간이 목마는 오늘도 열심히 달리고
덤프트럭이 눈길 위에서 우아하게 미끄러진다
찌그덕 찌그덕 목마에 실린 아이들
건조한 허공에서 웃는다

내 이마에는 고양이 손톱이 깊게 박혀 있다
애기 목 먹고 애기 울음 우는 고양이들

함정처럼 뻥뻥 뚫린 하수구에 사자가 산다
고양이들을 낳고 있다

할머니는 나를 비닐 속으로 집어넣는다
내 목소리는 점점 변해 간다
나는 끊임없이 늘어지고
나는 눈 속에서 구렁이를 밟았다

손님

떠났다고 하기에는
얼굴도 보지 않고 보낸 네가 있어서
그런 네가 생각나는 날은 소주를 마신다
소주를 마시고 침대에 누우면
담요를 덮고 누운 하얀 등이 보인다
투명한 솜털과 가녀린 팔뚝 위로 달빛이 내린다
늪 속에서 눌러 그린 압화 같다
언젠가를 만지작거리는 나와 달빛의 경계에서
완성된 적 없는 뒷모습이 착한 밤을 닮았다
너는 눈을 깜빡이며 천천히 혀를 내민다
코 아래 혀는 막 세상에 나온 아기 같다
혓바닥 위에서 데굴데굴 지구가 구른다
기다리던 얼굴이 되지 못한 채 침이 흐른다
그것은 달다 불편하게 달디달다
이내 혀를 뚫고 돋아나는 서러운 꽃잎들
너를 뒤덮는 서럽고 아름다운 잎사귀들
그러나 너는 한 번도 서러움을 안 적이 없어 서럽고
나는 이렇게나 완벽한 밤이 너무나 낯설다
불안의 가장자리에 송그리고 앉아 자장자장
소주를 또 마시게 되는 것이다

조금씩, 하얗게, 사뿐하게, 내려앉는 밤이 보인다
알고 있다
언젠가는 오지 않는다
그러나 너를 다시 또 생각하면
그 밤의 차갑던 병동 같은
도무지 깨지지 않던 유리 같은
달빛이 내려
재도 없이 하얗게
너를 불태운다

첫, 사랑

처음 벽에서 아이들에게 발견되었을 때 그것은 젖은 얼룩 같기도 했고 누군가 낙서를 해 놓은 것 같기도 했다 아이들은 호기심이 동해 그것을 만져 보고 냄새도 맡아 보았고 그것이 죽은 그림자이며 여자라는 것을 알았다 아이들은 그림자를 떼어 내 눈이나 아랫도리같이 구멍이 있는 곳마다 성냥개비를 집어넣어 불을 붙여 보기도 하고 나뭇가지에 걸어 놓고 때려 보기도 하며 놀았다

일을 마치고 돌아오던 남자들이 그 모습을 보았다 남자들은 직감적으로 그것이 여자라는 것을 알았지만 그림자를 만질 수 있다는 것에 놀랐고 부드러운 살이 느껴진다는 것에 놀랐고 생각보다 무겁다는 것에 놀랐다 그러나 아이들은 가볍게 그것을 들 수 있었기 때문에 아이들을 시켜 마을 뒷산에 숨겨 두고 무서운 저주를 지어내어 아이들의 입을 막았다

남편을 가진 여자들에겐 이상한 밤이 이어졌다 남자들은 여자들의 젖가슴을 야만족처럼 애무했고 물고 늘어졌으며 피가 나게 했다 여자들은 반창고를 가슴에 붙여야 했고 갓난아기가 있는 여자들은 아기를 돼지우리로 데려가

돼지의 젖을 먹였다 한밤중에 잠에서 어렴풋이 깨었을 때에는 옆에 남자가 없는 것이 분명하다는 느낌이 들었다 그러나 황망히 옆을 더듬어 보면 남자가 있었다

　남자들은 매일 밤 그림자를 찾아갔다 그들은 그림자에게 옷을 입히고 안락의자를 준비해 그림자를 앉혔으며 머리를 빗겨 주기도 하고 발을 씻겨 주기도 했다 그것은 너무나 아름다웠고 바람난 어머니 같기도 했다 누군가는 그림자의 구멍 속으로 기어들어 가 보기도 하고 누군가는 그 구멍에 성기를 집어넣어 보기도 했으며 때로는 서로 이빨을 드러내며 으르렁거리기도 했다

　낮이면 아이들이 그림자가 있는 곳에 가서 놀았다 그것은 너무나 아름다웠고 바람난 어머니 같기도 했다 어느 날 아이들은 남자가 그림자 속에서 잠든 것을 발견했고 여자에게 남자가 다른 어머니에게 잡아먹혔다고 말했다 이야기를 들은 여자들은 밤마다 뜬눈으로 방바닥을 기어 다니는 지네를 잡으며 남자를 지켜보았으나 남자는 가만히 잠들어 있을 뿐이었다 집집마다 닭들이 건강해졌고 다리가 많이 달린 알을 낳기 시작했다

젖을 먹던 아이가 돼지에게 물려 죽는 일이 일어났다 몇몇의 여자들은 돼지를 잡아 잔치를 준비했고 다른 이들은 풍습대로 죽은 자를 버리기 위해 뒷산으로 갔다 천 년째 썩어 가는 시체 냄새 일 년 된 시체 냄새 따위가 진동하는 가운데 여자들은 아름다운 꽃향기를 맡았다 향기를 따라가자 그곳에는 안락의자에 앉은 그림자가 하나 있었다 여자들은 직감적으로 그것이 여자라는 것을 알았고 적의감이 가슴속에서 꿈틀대는 것을 느꼈다 그것은 너무나 아름다웠고 거대했으며 바람난 어머니 같았다

그날 밤 잠든 남자 앞에서 지네를 잡다 이상하다는 생각이 든 여자들은 하나둘 마을 어귀에 모여들었다 그들은 아름다운 꽃향기를 따라 그림자를 찾아갔고 서로에게 이빨을 드러내고 으르렁거리는 남자들을 발견했다 이빨 사이마다 무성한 음모가 자라고 있었다 여자들은 달려가 남자들을 걷어차고 그림자에게 달려들어 그것을 발기발기 찢어발겨 먹어 치웠다 그림자 속에서 작은 뱀 새끼들이 무수히 쏟아져 나왔고 조그맣게 쪼그라든 남자들은 울고 있었다 여자들은 집에 돌아가 남자 위에 올라탔고 남자들은

처음으로 향기를 가지게 된 여자에게서 처음으로 사랑을
알았다 이듬해 마을에는 너무나 아름답고 바람난 어머니
같은 여자아이들이 태어났다

롱 비어드 코러스

    종로의 낡은 거리를 지나다 보면 역시 낡은 노인들이 있다 그들은 때로 낡은 물건들을 길에 펼쳐 놓고 거리를 더욱 낡게 만드는 작업을 하기도 한다 작업의 보수는 어디서 받는지 모르겠지만 대개의 노인들은 롱 비어드를 기르고 있다

    수염을 얼마나 기르신 건가요
    이건 팔지 않는 게 아니야 가격은 상징적이지 않은 32 딸라 24쎈트

    "우리는 배고픈 돼지들이 롱 비어드를 영접하고 스스로 자살할 수 있도록 도와주어야 한다."

    노인의 수염은 낡아 있었고 안동 관왕묘의 미염공을 떠올리게 했다 모조 롱 비어드는 검고 싱싱했고 낡지도 않았었으니까

    "그런 의미에서 롱 비어드는 실존주의이다."

    관공은 수염이 몇 살 적부터 저렇게 길었나요

관공의 수염은 강철 82근에 팔리곤 했습니다

"그러나 배고픈 돼지들은 예의를 모른다. 경건하지도
않다."

82근짜리 수염이 지하에서 아직도 산화되어 가고 있단
말이지

"그들에게 롱 비어드는 어쩌면 헤어일 뿐인 것이다."

내가 그의 수염을 얼마 동안이나 길러 주었는지 기억이
나질 않는다 다만 그는 그 길고도 긴 수염을 끔찍이 사랑
했다 나는 긴 수염의 그를 훔쳐보는 것을 끔찍이 사랑했다
지금은 누가 그의 수염을 길러 주고 있을까

생각건대 그의 수염이 아직 남아 있다면 족히 50,000
원은 될 듯싶다

Time and tide

벵골 호랑이가 집시 여인과 함께 춤을 추는 것을 봐 불벼락이 떨어져 내려 인어들을 태우고 긴 창의 기사들이 말을 달려 맷돌을 짓밟아도 모든 것의 시작에 두어야 하는 춤 겨울을 부르는 수정구 앞에서 추는 춤 우리의 저주가 번영하는 춤 겨울이 오면 구름을 몰아내는 몽상가도 노련한 식인귀도 다시는 마음의 균열을 얻을 수 없을 거야 다만 채찍을 든 야만인은 고통의 대가(大家) 두꺼비를 때리지 눈을 가리고 저울에 오르는 세모, 네모, 동그라미 그러면 우리는 이미 시간을 잊었지 당신의 망설임 위로 속삭이는 뮤즈 그게 두꺼비의 조건 두꺼비가 점점 거대해져 가는 게 보여 온몸의 힘을 빼고 내리는 빗속에서 겨울은 계속될 거야 분출하는 활화산 먼지에서 먼지로 비밀스런 퇴각을 하고 다시 한 번 성전을 일으키자 칼과 방패를 세뇌할 거야 순록을 키우던 참된 눈빛의 소년들은 신성한 제물 폭도들은 평화주의를 외치고 회개한 야만족을 향한 신의 분노가 산을 섬으로 만들지 당신의 웃음은 변덕이 심해 변덕이 심한 웃음은 고갈돼 나의 부엉이는 타락했어 타락한 부엉이는 탈주의 징조 끝없는 밤을 향한 승천의 고삐 다만 우리는 오랫동안 사슬을 사이에 두고 단절된 채 나만 겨울을 웃고 있을 거야 유실된 것은 없지만 인어들은 지옥을 찢고 나오다 소멸하겠지 누출 아니야 기사들이 길바닥에 뭔가를 흘리고 다녔기 때문이야 잘 봐 예언자가 당신의 미래를 유괴하고 있어 당신은 거울로 만든 옷을 입고 거울을 보고 있고 나는 다시 맷돌을 돌리고 돌릴 거야 맷돌 틈으로 비죽이 새어 나오는 시간 거리가 낡아 가는 시간 고귀한 은인에 대한 교활한 경멸 뒤틀린 돌연변이를 향한 구속의 손길 보이지 당신의 도서관에 쌓인 책들은 사라져 가 보이지 의자의 힘 그리고 이곳의 시간이 꿈을 꾸기 시작하는 시간 해안이 돌돌 말리고 있는 백야 잘 봐 당신은 이제 꿈속의 부랑자 나는 꿈을 강탈하는 자 보이지 기품 있게 비어 버린 책장 지구 위에 거대한 두꺼비가 앉아 있어

정글 북

밤새 물소 떼가 쫓아왔다 번뜩이는 근육들이 갈라진 단단한 몸, 거친 숨결들이 나를 밟고 지나가려 했다 죽어도 좀 맛있게 죽고 싶다는 생각이 들었다 물소들이 나를 뜯어 먹지는 않을 테니까 슬쩍 옆으로 비켜서자 물소 떼는 신나게 먼지를 일으키며 내 옆을 지나갔다

악어들은 입을 커다랗게 벌린 채 엎드려 있었다 나는 악어 이빨 사이에 낀 살점들을 청소해 주면서 이빨을 하나 뽑아냈다 악어는 무심했다 그러나 악어새들이 이빨이 비어 버린 자리를 쪼다 덜컥 닫힌 악어 입 주위에 흩날리는 깃털로 남았다

악어 같은 여자를 만나야겠다고 생각했다 내 손가락들이 보글보글 익어 가는 스튜, 정성스레 내 손가락을 다듬었을 그녀, 빈 접시에는 흐물흐물한 손톱들이 가지런히 쌓여 가겠지 물론 그녀가 떠먹여 주는 손가락 스튜 그래서 빗방울이 굵은 날 수염들이 주렁주렁 늘어진 옥수수 밭에서 그녀에게 악어 이빨을 주며 청혼해야지라는 구체적인 생각도 했다

악어 같은 여자를 만나기 위해 커플 매니저를 찾아갔다 그런 여자는 없는데요 그날 밤 커플 매니저의 집 위로 물소 떼가 지나갔다 그녀는 아무런 고통도 느끼지 못했다 편안하게 잘 다져진 그녀는 굴착기에 의해 발굴되었다 인부들은 빈대떡을 부치고 막걸리를 마시며 무너진 잔해들을 치웠다

다음 날 나는 도서관에서 악어에 관한 책들을 모두 뽑아서 마지막 장만 펼쳐 보았다 21세기가 시작된 이후에도 살아남은 대출 카드 속의 이름들 저기요 이 사람들 주소 좀 알 수 있을까요? 한참이나 대출 카드들을 살펴보던 도서관 사서가 입을 열었다 갈림길 끝에 곰이랑 호랑이가 있어요 어느 쪽으로 가면 살 수 있을까요? 그건 제가 20세기에 듣고 21세기 들어서는 처음 듣는 농담이군요 우리 집에 오세요 손가락 스튜를 끓여 드릴게요 그날 밤 나는 도서관 사서의 집에서 스튜를 먹었다 그녀는 악어 같은 여자였지만 내 손가락은 아니었다

몇 번의 비가 내렸다 두두두두 물소 떼는 어딘가로 달리고 있었다 그녀는 대출 카드 속 이름들에 대해 아무것

도 가르쳐 주지 않았고 나는 전화번호부를 뒤져 같은 이름의 사람들에게 하나씩 전화해 보았다 꾹꾹꾹 혹시『악어 이빨 룰렛』읽어 보셨나요? 그런 거 안 합니다 꾹꾹꾹 혹시『내 팔뚝 위의 악어』읽어 보셨나요? 그런 거 하면 아프잖아요 꾹꾹꾹 혹시『귀염둥이 악어 조나단』읽어 보셨나요? 그런 사람 모르는데요? 굴착기와 인부들은 할 일이 많아졌다며 좋아했다

다시 악어들을 찾아갔다 커다랗게 입을 벌린 악어들의 이빨이 썩어 가고 있었다 입 주위에 수염처럼 깃털을 단 악어에게서 나는 빈 이빨 자리를 찾아냈다 이빨 사이에 낀 살점들을 잘 청소해 주고 말캉한 잇몸 위에 이빨을 잘 맞춰서 끼워 넣었다 그러자 악어의 눈이 한 번 깜빡하더니 오래된 유적의 문이 닫히듯 서서히 입이 닫히기 시작했다 나는 손을 뺄까 말까 고민했다

꼬리뼈처럼

곱창집에서 계산을 하고 문을 나서다가
양곱창이 양의 그것이 아니라는 것을 알았다
그 배신감은 차마 말하지 못하겠고
초원 위에서 오물오물 풀을 뜯는
양만 자꾸 보였다 오물오물
양의 입술 같은 것만 오물오물

"우리 무례한 핏줄은 그리움이라는 말에 화를 내지."
그때마다 꼬리뼈는 한 뼘이나 더 자랄 테고

당신의 배에 보일 듯 말 듯 칼집을 낸다
배 속에 손을 집어넣고
시끄러운 핏줄을 움켜쥔다
잠들듯 쓰러지는 당신의 꼬리뼈

"꼬리곰탕은 맛있잖아."
과연 꼬리곰탕은 맛있다만

목을 반만 따고 거꾸로 매달아
움켜쥐었던 핏줄을 해방시키고

사랑이라는 것에 대해 생각한다

"넌 꼬리뼈가 없잖아. 꼬리뼈는 어머니야. 그게 없으면
사랑을 할 수 없어."
꼬리뼈가 부려져 집에서 요양 중이라는 친구를 걱정
한다

뜨겁게 달구어진 돌덩이를
당신의 배 속에 가득 채우자
날카로운 초원이 조금씩 익어 간다
꼬리뼈가 간질간질해진다

"이봐, 강아지야. 이제 그의 것이 네 것보다 더 길다."
나는 한 뼘 더 자란 꼬리뼈를 확인하고 자랑스럽다

어른들은 모두 양 잡기의 장인이라는 몽골을 생각하며
집으로 돌아가는데
자꾸 울음이 날 것만 같았다

"조용하다."

가 어울리지 않는 꼬리뼈

까만

까만 바다에 갔습니다. 까만 바람이 까맣게 불어 까만 머리카락이 까맣게 날렸습니다. 까만 물고기를 파는 까만 상인들이 있었습니다. 까만 글자가 적힌 까만 팻말을 목에 걸고 까맣게 있었습니다.

길이 아닙니다.
돌아가십시오.

물고기를 가지고 싶어요.
물고기를 파세요.

까만 상인들이 일렁일렁 까만 손을 뻗자 까만 물고기들은 까만 공중에서 까맣게 파들거렸습니다. 까만 물고기들은 아기처럼 곱고 다급했습니다. 까만 공중에 붙어 까맣게 도망도 못 가고 까만 비늘들이 온 세상에 흩날렸습니다. 천천히. 뿌리도 없이. 까맣게.

길이 아닙니다.
돌아가십시오.

까만 나무에 까만 글자가 적힌 까만 팻말을 걸었습니다.

까만 울음이 그만 까맣게 터질 것 같았습니다.

까맣게 서 있었습니다.

늙어 보지 못한 피의 냄새

벽 너머 벽 앞에서
꿈이 벽을 두드리고 있다

그림자 없는 마을

아직 젊은 할아버지가 돌을 옮겨
처음 정자나무를 심었다는 위대한 마을
할머니 무릎 베고 할머니 젖을 만지고 있으면
할머니 담뱃재가 내 가슴에 떨어지곤 했다
나는 우렁차게 울었다

큰 우렁이가 논에서 나와 마당을 기어 오면
우렁 각시 얻고 싶다던 옆집 형은
또 바지에 똥을 싸 혼나는 소리
나는 우렁이 속에 기어들어 가 울었다

비도 없이 풀벌레랑 고양이가 울던 날엔
쩍쩍 바스러지는 할머니 젖만 꼭 쥐고 잠을 자다
우렁이 찾아 논에 들어갔다

눈에서도 귀에서도 할머니 담배 냄새
어느새 거머리들이 머릿속을 빨고 있었다

그림자가 스며드는 눈에
눈곱 덕지덕지 붙이고 우는 나를

마을 사람들이 가만히 묻고 있던 밤
파밭, 아이스크림 같은 파꽃

슬픔이 말라 갔다
어두운 개울엔 형들이 버린 뱀

흥분의 역사

—문서(복원술)

내가 사랑한 (**머스태쉬**)가 아름다웠던 너에게

"장시를 말겠다는 거, 안 (**하겠다는 겨**)!"

이것이 그의 말이야. (**마틸다의 연약한 엉덩이**)에 폭
탄을 던지고 과감히 자결한 푸른색 (**나무에 묶인 채 매 맞
는 청년**)의 동상 앞에서 그는 (**새로운 흥분의 역사**)를 쓰
고 있었지.

(**사자 떼가 한가롭게 풀을 뜯는**) 한 음식점에서 얌전하
게 앉아 달걀 요리와 닭고기로 식사를 하고 있던 여성들
은 흥분한 그의 목소리가 들릴 때마다, 그러니까 (**뱀장어
들**)이 그의 목구멍을 지나서 구강 구조의 도움을 받아 (**천
하게 아리따운**) 것이 되어 그의 입 밖으로 쫙쫙 분출될 때
마다, 조금씩 (**죽은 이를 해체하는 라마승이 되어 가고 있
었어.**) 아니, 그러니까 (**그 상냥한 음담패설**)이 그의 목구
멍을 지났기 때문이란 말이지. 그의 (**"개 풀 뜯어 먹는 소
리하고 있네!"**)라는 것이 말이야. 그러니까 그의 목소리
가…… 이런 빌어먹을.

"(숏 비어드는 정밀한 수염 기르기 과정을 통해 고트 혹은 머스태쉬를 거쳐 완성되는 것으로) 자네도 알겠지만, (마초는 마초답게 방구석에 웅크리고 앉아 있을 줄 알아야 해! 같은 사랑스런) 말 따위는 (머스태쉬) 시절에나 하는 거지."

라는 건 다시 만났을 때 그가 한 말이고,

.... .젠. .. ... 때 .. ..르면 크.... .. .. 부적.. ..이든 ..분 하.. .. ..한 .과라..... ..그때나.. ... .. .의 .염은 숏 .... ← 이 부분은 복원할 수 없었습니다.

이는 실로 위험한 사태였지.

"왜 사람을 이렇게 부끄럽게 만들어! 왜 무안을 줘! 어쩌자고 (말하는 돼지들의 머리를 그렇게 망치로 깨부쉈냐) 말이야!"

(마틸다의 단단한 고환)에 던져졌던 폭탄은 떳떳했고, 불발이었고, 흥분한 그의 (숏 비어드)는 음식값을 지불하지 못했고 (눈이 퇴화된 물고기가 꽃잎으로 떠오르는 현상

39

의 인과관계에 대해 오랫동안 연구해 온 그의 업적에 비할
바는 아니었지만) 당당했으니

　그는 쫓겨나고 없는데 음식점의 여성들은 이미 (**경건한
해체를 마치고 새들과 함께 식사를 즐긴 뒤 산을 내려갔으
니**) 홀로 남은 것이나 진배없는 음식점의 남성들은 (**죽어
서도 손톱이 자라는 여자가 어머니라는 것**)을 들키지 않으
려 (**변기가 맛보는 제 엉덩이를 유폐하기 위해**) 나무에 묶
인 (**천사의 빛나는 칼을 들고 고뇌하는 엉덩이를 내려다보
며 지구에서 가장 중대한 결정을 내리고 있는 듯한 얼굴을
하고 있는**) 청년의 동상 앞을 지나고 있던 그에게 달려가
한 대 칠 듯 손을 들어 올렸다 내리고, 눈을 부라렸다 딴
데로 시선을 돌리고, 으름장을 놓으려는지 목울대가 들썩
거리다 말고, 위협인지 아닌지 도무지 알 수 없는 그 행동
들은 쪼그라든 (**예언, 암흑 이후의 세상에서 모든 움직이
는 생명체가**) 고개를 들어 (**한 줄기 빛을 바라보는 때가 올
것이며, 그때 그 구원은 숏 비어드일 것이라는! 바로 그 장
면을 떠올렸기**) 때문이었고, 역시나 얼마 안 있어 그들은
이내 (**여성들이 새끼 양들의 목을 따 피를**) 마시고, (**혀를
잘라 내 제 혀에 붙여**) 말을 하고, (**고환을 잘라 내 지긋이**

힘주어 터뜨리던 시간)을 향해 줄행랑을 치는 것이었어. 그때 숏 비어드, 그의 (고환)은 과연 당당당 당추자였지.

나 역시 (돌에 새겨진 원숭이의) 얼굴이 (없어져 가던 시간을 떠올려 보며 그 고독이 어느 정도일 것인지 생각해 보았고 심지어 부끄럽기)는 마찬가지였지. 함께 오믈렛을 먹던 여성의 손을 (섬세한 달빛이 다듬은 것이라 여겨 그 손을) 붙잡고 (손의 생산자를 향해 같이 가자 말하며, 우리 둘만 있는 세상에서 날개를 달고 이제 아름답게) 도망 나왔는데 그녀 역시 (그녀가 나의 손을) 잡고 (있는 것인지 쥐고 있는 것인지 모르겠지만 돌에 새겨진 원숭이의 손바닥이) 젖어 버릴 정도로 흥...

완전 소실

그리고 나는 그날 이후 (나무에 묶인 채 변기를 맛보고 있는 청년)의 동상에 (머스태쉬를 길러 주게) 되었지. 내가 다시 (네 수염을 길러 줄 수 있게) 되길 바랄게.

부디 이 편지가 중간에 (터져 버리지 않고) 내가 사랑한

(**면도칼**)이 아름다웠던 너의 손에 닿을 수 있기를.

　아, 그가 어떤 사람인지 궁금해할 당신을 위해 별로 궁금하지 않더라도 그의 외양 묘사가 필요할 듯싶습니다. 남성들에게 경각심을 일깨워 줄 이 중하디중한 문서를 복원하면서 알게 된 사실입니다. 그러니까 그는 흡사 레닌그라드 카우보이 밴드의 그것과도 같은 뾰족한 리젠트 머리에 테가 크고 둥근 검은색 뿔테 안경을 끼고 앞서 말했듯 숏 비어드를 길렀습니다. 등에 하얗게 소금기가 묻어 있는 헐렁한 검은색 티셔츠에 별로 놀랍지 않게도 스님 바지를 입고 대님까지 묶었습니다. 뉴발란스라는 브랜드의 주황색 운동화를 신었고 오른손엔 성경이 들어 있다는 가죽 가방을, 왼손엔 뭐라 설명하기 어려운 알록달록한 색깔의 우산을 들었습니다. 짐작건대 소금기로 봐서 그의 외양은 거의 변하지 않을 듯하니 당신이 앞으로 여성과 함께 음식점에 가게 된다면 그의 목소리를 조심하시길 바랍니다. 그는 전형적인 숏 비어드이니까요. ...가 ...해.... 부끄.... 역... 왱... ← 미복원

　추신

참, 그의 숏 비어드에 대처하는 방법도 알려 드리겠습니다. 저는 (악마의) 하수처리장(에서 건진 듯한 꼬리를 혀로 달고 있고 종이로 된 심장을 가진) 그녀를 이끌고 냉큼 (세상에서 가장 낡은 것 같은) 거리에서 조금 더 들어가면 있는 (세상에서 가장 낡은 거리)로 달려가 32달러 24센트를 주고 (롱 비어드를 샀습니다.) 그리고 그것을 (제 연약한 엉덩이)에 붙이고 (2/3쯤 잘라 내었습니다.)

덧붙이는 말

내가 이 편지를 발견했을 때에는 이미 이 편지가 폭발한 후였고 여러 차례의 복원을 거친 뒤였다. 괄호 속의 내용은 우리의 온전한 상식을 바탕으로 저 아라비아의 '술탄을 위한 문서 복원술'을 이용해 복원한 것임을 밝힌다. 그러나 심하게 훼손되었거나 완전히 사라져 버린 부분은 이전에도 지금도 복원할 수 없었음을 알려 둔다. 얼마 전 청년의 동상을 찾았을 때, 그곳은 청년의 수염이 너무나 자라 일대가 풀밭이 아닌 털밭이 되어 있었고, 그 위에서 아이들은 공을 차며 즐거워하고 있었다.

Overheat

화장실 싫어. 당신 사랑 싫어. 그녀의 말. 달려 엘리. 이 바람에 몸을 맡기자. 집으로 도망치지 않아. 밤은 폐수처럼 쏟아져 내려. 오늘 밤 우리는 달에 가닿을 수 있을 거야.

"내비에 달을 찍으면 손에 쥔 예쁜 꽃들이 어느새 시들고 있잖아."

비눗물 싫어. 당신의 사랑. 싫어. 그녀의 말. 그러니 달려 엘리. 우리 몸을 벗어 버리자. 내일은 일요일이니까 아침은 걸러도 괜찮아. 오래된 골목을 돌 때쯤엔 세상을 용서하자.

"그녀의 깊이 파인 보조개처럼 철문이 삐걱삐걱 웃고 있잖아."

달빛이 뜨거워. 별빛이 따가워. 숨지 마 엘리. 죽지 마 엘리. 빛이 우리를 찢으려 하면 빛을 찢어 버리자. 시간이 우리를 잘라 내려 하면 시간을 잘라 버리자. 이제 폭발할 거야. 내생이 있다면 내생마저 터뜨려 버리자. 불타는 심장을 손에 들고 엘리야! 가자!

"뿔을 단 바람이 될 거야. 뿔을 땅에 처박고 세상과 싸울 거야."

그러니 달려, 엘리. 수사슴처럼 달아오르자. 키스도 구름도 이유 같은 것도 앞질러 달리자. 내 장래 희망은 밤 사막을 달리며 모래 인간이 되는 것. 그러니 이 길의 끝에서 멋지게 불타 버리자.

"손에 쥔 예쁜 꽃들이 어느새 시들고 있잖아."

네가 고마웠다 그래서
너를 망가뜨렸다

봄이 온다
나른한 시신들을 데리고 봄이 온다
바람 속에는 작은 그림자들
시신들의 들숨을 타고 뿌리를 내린다
누런 늪 바닥이 비에 젖는 냄새
심장을 움켜쥐며 속삭인다
"울음도 의심도 없이 그대의
불행한 사랑이 또 만개할 것이다."
구름이 서로를 보듬어 안는 동안
다정한 얼굴의 그림자들
붉은 눈의 쥐들이 웅크리고 앉은
봄이 온다 파헤쳐진 가슴
"나른한 가슴속에서 태양이
빛날 것이다."
꽃들이 피어나고
흔들리고
터져 나간다
"아프지 마라."

"아프지 마라."

화요일들

배가 고픈
밤은 전날의 밤이고
중국에서 온 소녀가 화장을 하는
빗소리가 유난히 사랑을 배반하는
내가 만났던 뒤뜰의 처녀가 의심스럽고
쉽게 잡을 수 없는 유령들이 거리에 갇힌
천사들이 가랑이를 벌리는 동안
복제된 가면을 정교하게 살해하는
나비가 내 피를 횡단하는
알래스카 포경선의 뱃고동을 따라가는 날
화요일은 집 나간 거미들이 처음 집을 짓는
따뜻한 이불 속에서 권력자를 착취하고
불에 타 물크러진 얼굴로 동생이 돌아오는
에드가 앨런 포의 단편선을 읽으며
낡은 거리가 내 살을 씻겨 주는
인도의 신들이 꿈을 빌려 주는
거세당한 수컷의 품 안에서 젖을 빨아 보는

제2부

라이카

가난한 엄마는
날이 없는 것이면
뭐로든 때렸다

나는 울었다

그러면 엄마는
화장실에 가뒀다

어두웠다
어두워서
살려 주세요

더 개처럼 울었다

울다가 더듬더듬
변기에 앉아 울음을 그치면
개를 만났다

혀를 빼물고 얌전히

앉아 있는 개

최초의 개

뚫어져라 쳐다본다

이 고요는 더 어두워질 수가 없다

개를 팼다
개를 패며
나는 근본이 없었다

더 조용해질 것도 없었다
자주 화장실에 갇혔고
자주 개를 팼다

엄마,

엄마,

사랑해요

●라이카: 우주 개.

뿌리

할아버지는 죽기 한 달쯤 전에 산에서 생전 처음 맡는 향기를 맡았다 할아버지는 직감적으로 그것이 꽃향기이며 여자의 것임을 알았다 그것은 냄새외는 다른 흔적 같은 것이었고 그것을 따라가자 거기에는 새하얀 피부에 머리카락이 몹시 검은 여자아이가 있었다 아이를 보는 순간 할아버지는 겁먹는 것이 겁이 났다 그래서 할아버지는 옷자락을 만지작거리며 너무나 아름답고 바람난 어머니 같은 여자아이에게 다가갔다

7월의 썩은 폭염 같은 웅덩이와 산 아래서 올라오는 똥 냄새 속에 할아버지는 처음 사랑을 알았다 축축한 바위 아래에서 이끼지렁이가 간질간질 일어서는 소리, 무덤 속에서 천천히 시체에 물이 스미는 소리, 나무의 거대한 성기가 녹은 엿가락처럼 늘어지고 있는 소리, 소리 속에서

돌아온 할아버지는 할머니의 그림자에서 원숭이 손바닥 냄새가 난다고 생각했다 더러운 가랑비에 홀딱 젖어 익사할 년! 할머니는 그때 할아버지가 모든 잊힌 사람들의 표정을 가지고 있다는 것을 알았다

이후로 집 마당에는 쓸데도 없이 생기만 넘치는 이름 모를 나무들이 솟아오르기 시작했다 너무나 많이 자라기 시작했기 때문에 하루라도 신경 쓰지 않으면 어느새 새들이 날아와 집을 지었고 산짐승들이 그 속에서 어슬렁거렸다 할머니는 매일 걸쭉한 가래 같은 땀을 흘리며 나무들을 없앴다 그러다 할머니의 그림자까지 사라져 버릴 정도가 되었을 때 나무들은 더 이상 솟아나지 않았고 나무들을 다 베어 낸 자리에서 나무들의 그림자만 자꾸 길어졌다 새들은 허공에 집을 지었고 다시는 집에 볕이 들지 않았다 그때부터 여자아이가 집에 들어와 살기 시작했지만 누구도 이를 신경 쓰지 않았다

그림자만 배불렀던 여자아이는 사내아이를 낳았다 아이는 온몸이 환한 비늘로 덮여 있었고 할머니는 마을 어딘가의 웅덩이에 사는 용왕님이 보내신 거라 믿고 싶었다 과연 비늘을 몇 장 떼어 내자 준수한 용모의 아버지가 나왔다 여자아이는 어딘가로 사라졌는데 그때 할머니는 처음 사랑을 알았다 나무들의 그림자가 뼛속에 스미는 소리, 잠든 아버지의 비늘들이 싸락거리는 소리, 여자아이가 흘리고 간 양수가 굳어 가는 소리, 소리 속에서

할아버지는 아버지가 태어나기 전에 돌아가셨다 동네 할머니들 말로는 힘이 장사라 죽기 얼마 전에 마을 정자나무를 심고 혼자 돌들을 옮겨 그 터를 닦으셨다는데 사람이 그리 쪼그라들 수 있나 산에서 발견된 할아버지 옷을 들춰 보니 뱀 새끼 수십 마리가 기어 나왔고 그 속에 할아버지가 딱 좆만 하게 말라비틀어져 있었다는 것이다 어쨌든 지금껏 살아남아 있는 것은 할머니들이었다

출생신고

갓 태어난 내가 땅에 등을 대고 누워 있다
세상에서 가장 낡은 거리
벌거벗은 채 몸을 씻는 엄마
옹알옹알 거미들이 주위에 몰려든다

열을 지어 내리는 눈송이들이 고요하다 엄마,
메아리 없는 내 입안에 내리는 열(熱) 없는 시간들
힘줄 끊어지는 아득한 소리 엄마,
엄마는 몸을 씻는 엄마

나는 여러분의 순한 양이 되고 싶어요
사라진 내가 어느, 어느 날 나타나
처음 양 떼들과 어울려 사랑할 때까지도
젖살이 빠지지 않은 엄마
어두운 거리 위에서 돌아보지 않고

조그만 젖만 둥둥 떠내려간다
나는 내가 처음 사랑한 양에게
그래, 넌 내 엄마와 젖이 닮았구나
엄마, 엄마는 아직도 몸을 씻는

속눈썹이 한 올 툭 떨어져 내리고
내내에 품은 어둠을 뽑아내는 거미들
귓속에서 따각따각 걸어 나온다

죽은 엄마 부른 배 위에 앉아
묘비명을 새긴다 그 울림을 가늠하는데
아직도 흉년처럼 자라는 손톱

해가 진다
허리에 차가운 피가 돈다

어두운 눈알을
빼들고 만지작거리는

눈 속의 물고기

사월에는 눈이 내렸다. "쫓기듯." 지하에서 올라온 사람들은 벽에 걸려 있는 듯했다. 웅크린 사람의 손바닥 위에 눈이 부드럽게 내려앉고 있었다. "소리 없이." 아이들이 나타나 눈 속에 비명을 담았다. 손이 찬 당신이 내 손을 놓고. 치마를 살짝 들어 올리고. 바닥에 물고기가 툭. 떨어졌다. "물고기." 비명 속에서 과거처럼 아가미를 열었다. "파닥거렸다." 우리는 다시 손을 잡고 우두커니. "바라보았다." 활짝 벌어진 붉은 꽃 속을 파리가 더듬고 다녔다. "발자국." 위로 발자국이 지나가는 것이 그만 흐릿해져 버리는 날이었다. 나는 그런 사람들이 살았다는 나라에 가고 싶어졌다. 궁전에는 피리 소리 가득하고 신을 찬송하면서 서로의 가장 슬픈 부위에 코를 대고 냄새 맡아 보는 사람들. "울면서." 슬픈 사람도, 울어 주면서 슬플 사람도 없이 날들이 지나간다. 꽃은 붉게 피었다 더럽게 진다. 웅크린 사람의 손바닥 위에서 눈이 부드럽게 사라진다. "물방울." 젖은 바닥에는. "물고기." 비늘이 반짝반짝. "안녕." 울다가 누군가 따라왔다는 기분이 들었다. "누군가." 누군가 우리를 따라왔다는 기분이 들었다.

그믐

어제는 마음을 몇 번 되새김질하는 사람처럼 진눈깨비가 날렸습니다 창문을 믿으면 안 되는 것은 종종 악몽 같은 석양으로 사람을 홀리기 때문이라고 말하며 당신은 플레잉 카드의 퀸처럼 저를 쳐다봤던 것 같습니다

오늘 당신은 자전거가 날아가 다시 일어나지 않는 것이 창문 너머로 보인다고 했습니다 손을 잡거나 놓거나 했다가 숟가락을 들었다 삼키지 못하고 저를 태워 버리자고 했습니다 무거운 꿈을 메고 아무 지하에서나 내려도 좋을 것이라 했습니다 이번에는 저를 쳐다보는 당신의 어깨가 날아가고 없었습니다 당신은 말을 하지 않았지만 말소리가 깨져 있었습니다

사실 오늘 아침은 봄이었습니다 검푸른 여학생들이 서로 팔짱을 낀 채 길을 막고 있었습니다 굽이치는 몸뚱이였습니다 마디였습니다 제각각 움직이는 수십 개의 노인들마다 횡단보도 앞에서 꿈을 든 채 졸고 있었습니다 그중 하나였습니다 발가락 사이로 엉기는 지네였습니다 핏덩이를 움켜쥐는 날카로운

발톱이었습니다 재개발 공사가 한창인 소음 아래 꿈을
휘어 감은 불꽃처럼 사내아이는 발을 구르며 엄마에게 악
다구니를 썼습니다 입에서 식은 잿더미를 쏟아 냈습니다
아침은 봄이었고 죽은 화산의 배 속에서 벌거벗은 여자였
습니다 깨진 창문 옆에 웅크리고 앉아 소문처럼 자장가를
흥얼거리는 아침은 봄이었습니다 휘두르는 주먹 너머 녹
슨 쇠못이 붉게 구겨진 철근이 제 팔다리처럼 찢겨 나온
밤도 봄이었습니다

　멀리 구름 위로 거대한 병원이 솟아 있던 밤도
　불탄 꿈의 무게가 궁금해지는 밤도 봄이었습니다

방, 물고기 속의 물고기

전자시계

검은 밤

검은 밤이 결정

목요일 물고기

환풍기 소리

벽에 걸린

나는

늘_{물고기}어난 니트

나무 바닥

소용돌이

오래된 노래 물고기

소설책

양면테이프

난닝구 속의

물고기 차가운 밤

서랍장

하이힐

강, 그리고 하이힐

얼음 선인장이 출렁

이는 강

62

나는

자물쇠물고기

서커스

석양을 관통하는 드릴

가볍게

꿈을 꾸고

몸서리친다

원고지 씨발

권총
사랑
물고기

사랑

나는

뜨거운 새
다시 지구에서
사랑의 징조
물고기
불타는 가슴

작은 손

원고지 위에 당신씨발을 쏟았다

검은 틈

물고기

물고기바람이

63

실낱같이 뻔하다

　　　　　　　　스파이의

　　　　　　　　　검푸른 피부

　　　　고래의 심장

　　　　　　　　눈물

나·는· 춤추고

　　　벼랑
　　　물고기

　　　　새가 없다

　　　관음

나는

　　　　　　　　　　　실종

나　는

　　　　　전자음악

　　　　　물고기
　　　　　　물고기?
　　　물고기?　물고기?물고기?
물고기?　　　　물고기?
　　　　물고기?　물고기?　물고기?

　　　　　　　　　　덴 발가락

　　　미궁

바늘

64

산책

　자정을 지난 1시의 기억 속에는 두꺼비들이 기어 다닌다 유리창에 붙은 두꺼비 젖은 빨래 속의 두꺼비 입속으로 들어오는 두꺼비 쏟아져 내린 무색(無色)의 거룩 슬픔이 부족한 살들 결코 흙에서 태어나지 않을 반죽 나는 당신이 없는 곳에서 죽을까 봐 두려웠다 1시의 기억은 황색의 타락 같은 음악 그것은 새로운 음악 같았다 당신의 기억 속에서 나는 음악이 없는 채 기어 다닌다 나는 찢어진 말들을 기워 나간다 나는 잠든 손가락처럼 무언가를 떨어뜨리고 있다 1시의 기억이 우리는 걷는다 우리는 다시 만나지 않는다 우리는 아련하게 사라져 간다 우리는 운다 같은 너절한 말들로 기어 다닌다 밟으면 복종의 색깔을 쏟아 내는 밟으면 두껍게 입을 여는 밟으면 경건하게 터져 나가는 당신의 흉터에 중독된 몸 눈동자 밖에서 자라난 그늘 혈관이 제거된 공장 눕지 못한 길바닥이 환생하고 있다 1시 당신은 흔적만 남은 두꺼비들처럼 아름답다 당신과 함께한 산책을 잊는 것은 그런 것이다 1시 당신은 아직 태어나지 않은 아기처럼 밤을 걷는다 당신과 함께한 산책을 잊는 것도 그런 것이다 그때 당신은 멀리 야만족들이 지나가는 소리를 듣고 있었다 그때 나는 슬픔이나 얼굴 같은 것이 닫힌 폐문이 되었다 그때 우리는 손을 잡지 않았다

추기경이 되기까지 나는

들어 봐요, 마틸다. 내 아주 어린 시절 저녁 시간이면 삼총사는 강아지가 되어 멍멍기사 가는 길에 승리가 있고 멍멍기사 가는 길에 평화가 있다고 짖어 대고 있었죠. 정의로운 다르따냥의 모험을 방해하던 리슐리외 강아지는 강아지답지 않게 고트를 기르고 있었던 것 같기도 하고, 근데 리슐리외가 강아지긴 강아지였나?

내 어린 시절 저녁 시간이면 삼총사는 조금은 인간다워졌는지 인간이 되어서 씩씩한 삼총사여 정의의 칼을 들고 용감하게 싸우자 하면서 왕비를 위해 나라를 위해 어쩌고 했죠. 그때 정의의 칼을 든 다르따냥의 모험을 방해하던 리슐리외는 인간인 만큼 고트를 기르고 있었던 것 같기도 하고, 그게 사실 숏 비어드였던 것 같기도 하고…… 그게 중요한 게 아니라 아라미스가 이름만큼 아름다운 남장 여자였던 게 중요한 것 같아요. 물론 마틸다라는 이름이 더 아름다운 건 더 중요하지만! 어쨌든 그때 우연히 아라미스의 목욕 장면을 엿보다 가슴에 달린 무언가를 보고 다르따냥은 깜짝 놀랐고, 내 고추는 묘한 다르따냥이 되어 있었으니까요. 그렇게 아라미스는 여자였어요. 그러고 보니 없었던 거였죠. 수염. 굵은 수염. 다르따냥도 수염이 없었던 것 같긴 하지만……

　그다음엔 토요명화에서 한 주 차이를 두고 삼총사와 사총사가 방영되었고 거기서 중요한 건 꽁스땅스가 처녀인지 유부녀인지가 아니라 아라미스가 여자인지 남자인지였지요. 물론 마틸다가 여자인지 남자인지는 더 중요하지만! 어쨌든 수염 기른 아라미스를 보고 충격을 받았지만, 남장을 잘했네 하고 말았지만, 아니 잠깐 그냥 수염이 아니라 머스태쉬였어. 머스태쉬! 머스태쉬! ……. 어쨌든 영화가 끝날 때까지도 기다리던 목욕 장면은 나오질 않았어요. 덕분에 머스태쉬도 시시해지는 판에 One for all! All for one! 따위……. 아, 화내지 마요. 물론 마틸다의 수염은 아무렇게나 자라나도 멋져요.

　삼총사의 총사가 'Musketeer'라는 것을 안 것은 내가 아주 많이 큰 다음이었어요. 삼총사가 맨날 휘두르던 건 칼이었지만 마찬가지로 그때는 추기경이 뭔지도 몰랐고, 다만 나쁜 사람이로구나. 그래서 삼총사에게 응징을 당하는 거야. 왕비를 위해 나라를 위해 했고 김수환 추기경이 TV에 나올 때 엄마에게 왜 저 사람은 고트를 기르지 않는 거예요. 저 사람은 괜히 착해 보여요. 추기경은 우리나라 천주교에서 제일 높은 사람이니 당연히 착하지. 아니에요. 추기경은 나쁜 사람이에요. 리슐리외 추기경의 고트를 보라고요. 잠깐, 그게 고트였나, 숏 비어드였나? 아, 물론 마틸다는 당연히 착해요! 그런데 엄마는 리슐리외가 누구인지 몰랐고 고트도 몰랐지만 숏 비어드는 알았어요. 어쨌든 고트는 추기경이니까 추기경은 나쁜 것으로 결론 내렸죠.

수염이 자라기 시작할 무렵 나는 그의 수염을 길러 주는 대신 내 수염이 솟아오르는 족족 하나씩 뽑아내고 있었어요. 그때마다 눈물 한 방울씩 찔끔 흘렸고, 눈물은 내 작은 방 벽면에 칠해졌고, 아아, 아라미스. 아니, 미안해요. 아아, 마틸다! 내 방 벽은 누래져 갔어요. 내 수염은 고트였어요. 그렇게 마틸다를 만날 무렵에도 내 수염은 자라고 있었던 거예요.

그들은 우리의 종교

불이 피어오르면 분노의 위험함은 사라진 듯했다. 무덤 속 같은 이 거리의 나른함과 중독에 대해 아무도 말하지 않았다. 춤을 추고, 너와 나는 그리고 우리는 우리가 기분 좋게 싸 갈긴 똥을 질척질척 기분 좋게 밟으며 춤을 추고 슬그머니, 주교와 수녀원장을 건네고픈 천사의 음부로부터 슬그머니 시계 소리가 들려왔다. 틱탁탁탁틱탁탁. "리듬을 잃은 주제에 춤다고 착각하는 심장을 닮았습니다." 우리의 행복한 신전을 땅속에 묻고 그 위에 지어진 행복한 예배당. 뜨거운 수간(獸姦)을 제물로 올리고 우리의 행운에 감사한다. 그들이 권한 아름답고 슬픈 처방으로 우리의 아름답고 슬픈 과거를 바로잡자. 항문기가 불행했던 괴물들을 불러내 우리를 타락시킨 우리를 타락시키고, 우리는 타락하자. 이 뜨거운 황동의 도시에서 우리 몸을 굴리고 우리 연한 살갗이 굴러 짓무르게 하자. 광산처럼 깊고 빛나는 눈동자를 가진 그들의 마음을 사로잡자. 우리를 투석기에 담아 던져 공기의 벽을 부수려는 그들에게 피고름의 맹세를 하자. 우리는 모든 노래를 그들에게 바친다. "모든 분뇨를 그들에게 바칩니다." 그들은 코를 골며 안녕할 수 있는 밤을 가르쳤고 우리는 코를 골며 안녕하다. 그들은 뜨거운 우리 몸을 식히는 사랑을 가르쳤고 우리의 사랑은 소강상태를 흉내 내고 있다. 한 마리, 한 마리 지구 밖에서 날아들어 천천히 우리의 눈동자 속에 유배되는 파리들. 불, 그리고 우리의 노래, 우리의 춤. 달아오른 달이 살의를 가지고 팽창할 것이다. "행복한 전염병이 우리를 잔잔한 파도 속에서 죽어 가게 할 것입니다." 잠자코 섬이 기울어지기를 기다리며 우리는 기다리자. 그들은 계속해서 우리를 방문할 것이고 우리는 아름답고 슬퍼질 수 있을 것이다. "다만 그들은 그것이 우리를 정말로 아름답게 할 것인지에 대한 의문을 가지지 않았습니다." 그러므로 그들의 사랑 안에서 샛별처럼, 알몸일 때보다 더 벗은 옷을 입고 육체를 벗어 버리자. 겁에 질린 악마처럼, 아름다워지는 꽃잎들을 보라. 저 모근이 없는 천사 앞에서 우리는 분노할 수밖에 없으니 우리는 분노하자. "우리의 눈물이 벌꿀처럼 흘러내립니다. 다 함께 기도합시다." 우리의 눈알에서 톱니바퀴 몇 개가, 우리의 눈알이 튀어나온다. 눈알 속에는 그들의 얼굴처럼 조각난 분노. 그리고 절정의 우리, 또 우리가.

가족이 되다

그 여자만 다녀가면 당신의 이불 위에 예쁜 나비가 앉아 있곤 했지.

"무거운 짐들을 짊어져야만 안방의 문턱을 넘어설 수 있다."
"그것을 우리는 좋아한다."

당신을 얼마 전에 팔아 버렸어. 더러운 걸레 같았지.

"짐을 부려 놓고 짐처럼 안방에 처음 처박히는 순간이 있는 것이다."
"바로 그것을 우리는 좋아한다."

눈을 떴더니 당신이 내 머리에 빨대를 꽂으려 하고 있었어.

"장롱을 열면 한구석에 누렇게 웅크리고 앉은 족보."
"우리는 그렇게 오래 처박혀 있다."

나는 당신의 불알만 한 인자함 덕에 살아남았을 거야.

"잠든 입가에 파리가 알을 슬고 쥐꼬리가 목덜미 근처에서 꼼지락거리는 밤."

"더 이상 혀를 놀린다면 우리는 저주받을 것이다."

"바로 그것이다. 그것을 우리는 좋아한다."

당신의 팬티에 코를 대고 킁킁거리기도 했는데.

"허벅지 안쪽에 깊숙이 박히는 이빨 같은 저주들이 우리를 수정한다."

…….

"친구들은 웃고 있다! 여기저기서 실실."

"이제 서른이 넘은 친구들은 이 처형의 현장에 뛰어들어 텅! 텅! 물장구치며 논다!"

어느 날인가부터 돌아보면 내 발자국 위엔 쇳덩이가 떨어져 있었어.

"그 물결. 부드럽지도 썩지도 않아 물놀이 후에 먹는 털 보만두는 여전히 맛이 최고다."

"이제 여기서 나가자."

얼어붙은 불

그때는 누구도 저를 필요로 하지 않았던 시간이라 살인이라는 말을 용서하려 해 보기도 했습니다 웃음이 터져 나옵니다 웃음을 묻을 수가 없습니다

미안합니다 당신은 나더러 보라며 시간의 역전층을 뒤집니다 침몰한 생을 움켜쥔 쓰레기 더미나 느닷없이 바다 위로 떠오른 꽃잎이나 소각장이 정갈하게 뱉어 놓은 잿더미나 어제 약에 취해 흘레붙은 개들의 화석까지도 꺼내 보입니다 그러고 보니 일 년 중 절반이 우울하다는 당신의 말도 일리가 있습니다

살해하라고 속삭이는 지옥의 수도승에게 상실은 없을 것입니다 총과 허파가 잘 어울리는 것처럼 무지와 거짓말은 잘 어울립니다 그렇습니까? 무심코 화분에 뱉은 수박씨에서 싹이 났습니다

우리의 시간은 불타오르고 있습니다 접착력을 잃은 별들이 후두둑 떨어져 내리는 밤이 올 것입니다 돌고래를 타고 사막을 건넌다는 말을 닮아 가게 될 것입니다

무심코 화분에 뱉은 수박씨에서도 싹이 났습니다 내 눈과 코와 입과 귀에서 동틀 녘처럼 차분한 뇌수가 쏟아질 것입니다 당신의 두개골 밖으로 쥐의 꼬리가 살랑거리고 있을 것입니다 그림자가 긴 밤이 떠 있습니다

나는 발톱을 깎고 있었다

나는 발톱을 깎고 있고
옆집 남자는 벽에 못을 박고 있다
밤에는 발톱을 깎는 게 아니라 했는데
나는 발톱을 깎고 있고
책상 아래로 비스킷 조각이 떨어지고 있다
당신은 횡단보도를 건너다 넘어지고 있고
고양이의 수염이 흔들린다 천천히
당신을 보고 있다
당신의 옆집 남자는 벽에 못을 박고 있고
내 손끝이 한 번 떨렸으며
부재중 전화가 등록되고 있고
누구도 누군가에게 미소 짓지 않은 순간이다
옆집 남자의 못이 아주 약간 휘었고
나는 발톱을 깎고 있다
당신은 기차를 타고 낯선 곳으로 가고 있고
책장이 아무렇게나 바람에 날리고 있고
누구도 누군가를 만나지 않은 순간
나는 발톱을 깎고 있고
시멘트 부스러기가 벽에서 떨어져 내리고 있고
차가운 침대에 오르기도 전에 죽은 아이가 새어 나오고

몸에서 털이 자라는 소리가 들려오고

나는 어디서 소년소녀를 오백 명쯤 잉태시켜야 할 것만 같고

당신은 하얀 침대 위로 쓰러지고 있고

책상 아래로 비스킷 조각이 떨어지고 있고

아직도 책상 아래로 비스킷 조각이 떨어지고 있고

나는 당신의 발톱을 깎고 있고

날아간 발톱이 어디 갔는지 도무지 찾을 수가 없다

도무지 찾을 수가 없어

눈물이 난다

태양 마차 아래에 누워 있던 엄마

보리새우를 까서 내게 먹이는
당신은 그림자뿐, 자꾸만 길을 잃는다

엄마, 바다 밑에서 황소가 운다

당신의 입속에서도 어둡게
어둡게 세상이 자라난다
벌겋게 펄떡이는 심장이었다가
어지럽게 핏줄 뻗어 나간 가시덩굴이었다가
연한 이파리들은 하늘이 되고
가시에 찔려 구멍 난 어둠으로 바다가 새어 든다

바람에 비닐봉지가 날린다
허공을 떠돌다 물고기들
젖은 바닥에서 펄떡거리고

, 아름다운 엄마
후미진 곳의 바람이
당신의 향기로운 머리칼과
비린 사타구니를 훑고 지나갔던 것

당신은 캄캄하고 추워서, 캄캄하고 추워서

그래, 황소가 운다 황소가 운다 바다 밑에서 운다

뼈와 내장이 제거된다
흐물거리는 비린내 가득한
허기를 느끼는데

도마에서 쓸려 나가는 비늘들이 반짝반짝
당신에게 묻은 그것들 털어 주려 건드리니
눈처럼 따뜻하게 녹아 버린다

"닥쳐. 그림자 주제에."

물 같은 웅성거림 가득한

께나

바람이 당신의 살점을 뜯어 가고 나면
푸른 지네들 사그락거리는 뼈만 남으면
잘 마른 정강이뼈에 구멍을 뚫어
바람 부는 날 불겠다 그때
당신의 망각처럼 꽃이 피면

온 바람 속에 당신이

다른 높이로 떠 있다

제3부

학대의 방식

달리기를 하다 보면 미궁을 만나게 됩니다 미궁 속에는 말들이 갇혀 있어서 남은 풀 한 포기가 없습니다

나는 오래된 숨을 차마 내뱉을 수 없어집니다 가끔씩 들려오던 당신의 소식들이 미궁 속에 있을 것이기 때문입니다

궁금하면 궁금하다 하면 되는 것에 대해 당신도 나도 궁금해하지 않았습니다 다만 늙은 처녀가 증기처럼 고인 방을 지나며 나도 같이 고여 있다 말하고 싶어집니다

미궁 속에서 문을 마주하게 되면 주머니 속을 만지작거리게 됩니다 뒤를 한번 돌아보고 그 문을 열 때, 당신의 소식들이 짓고 있는 표정을 내가 짓고 있는지도 모릅니다

서로의 가슴에 손을 꽂아 넣고 시든 풀처럼 엉겨 있던 사랑은 내 옳은 습관이었다고 생각합니다 어쩌면 당신이 미궁 속에서 내 소식을 마주하게 될지도 모르는 일이고 말들은 서로를 추모하는 방법을 모르는 것 같기 때문입니다

바람이 불어옵니다

땀이 식어 갑니다

내가 사랑한 당신의 목덜미를 주머니 속에서 분질러 버
립니다 다정한 나뭇가지 위로 초식동물 삶는 냄새가 가
득합니다

집

어둠 속에서 심장이 되었다가
그렇게 천천히 심장이었다가
몸이 되지 못한 채 영원히
심장으로만 기억되는 사람도 있다

잊어버린 얼굴을 떠올리려 눈을 감고 바라보았다. 파라
오의 배 속에서 꺼낸 해초가 끝도 없이 흔들리고 있었다.
심장이 없는 불멸처럼 거대한 바다. 목소리 같은 것은 애
초에 없었던 듯하다. 목이 마르다. 나는 잠든 아내 몰래 모
자를 눌러쓰고 조용히 현관문을 연다. 음울한 건축 같은
애인을 만나러 나간다. 영원에 대한 두려움은 바다로부터
시작되었을 것이다. 엘리베이터 안에서 길고 아득하게 가
라앉으며, 나는 길고 아득하다. 푸르스름한 영원을 본다.
물컹거리는 얼굴이 썩은 살 속에서 웅덩이로 고여 가고 태
양 너머의 무덤으로 그림자가 뻗어 간다. 젖은 모래를 말
리다 처음 문자를 발명한 인간의 기분 같은, 그림자 속에
부장된 짐승의 녹빛 굶주림 같은 낙하. 찬란함을 닮은 죽
음에도 굳은살이 박이는 걸까. 천천히 열리는 문 앞에서
나는 갓 태어난 불꽃이 갓 태어난 울음을 삼키는 것을 본
다. 남은 것 없는 문 뒤에서 나는 아무것도 보지 않고 있
다. 더 바라보려 하면 그만 울음이 터지고 마는 일도 있는
것이었다. 망각은 영원에 닿지 못할 것이다. 그렇게 남자

와 여자처럼 가슴을 맞댄 일요일이 되고 싶었다. 목마름
이란 서로의 지붕을 바라보는 것이었다.

오보에

오보에를 잘 불던
아름다운 당신이 있었다

"아이를 낳은 여자는 더 이상 오보에를 불 수 없다는 이
야기를 들은 적이 있다. 아이는 여자의 깊은 곳에서 일고
있던 모래 폭풍을 빼먹고 태어나는 것이라, 속에 사막을
품고 사는 이 악기가 더 이상 리드를 물 수 없도록 여자의
이빨을 모두 가져가기 때문이라 한다."

누군가
당신은 아름다운 딸을 낳았다 하고
딸은 오보에를 불고 있었다 한다

만국기가 휘날리던 거리에서
당신과 마지막으로 만났었다
그래서 당신은 오래 걸었다는 것을
나는 안다

아름다운 날들

여자의 몸속에 얼굴을 보여 주지 않는 아이가 있다

아이는 뿌리처럼 탯줄을 뻗어 여자의 갈비뼈와 척추를 휘어 감고 떠나려 하지 않는다

여자의 배 속에서 아이는 논다

여자의 심장을 뜯어내어 제 것과 바꿔 놓는다

여자가 또 다른 심장에 놀라는 동안 식도를 뜯어내어 제 항문에 끼운다

여자의 쓸개를 뜯다 허파에 붙여 놓아 숨 쉴 때마다 쓴 내가 올라오게 한다

여자는 이보다 더 외로울 수는 없다고 생각한다 그러자

여자의 배 속에서 아이는 운다

여자의 배 속을 오물로 더럽혀 놓고는 오물을 먹으며

여자의 명치를 발로 차고는 발을 아파하며

여자의 잔인한 기억을 만지며 그것을 기억하라고

여자는 두려워진다

아이는 무엇을 기억하고 있는 것일까

여자는 배 속에 지층을 쌓아 화석으로 만들어야겠다고 생각한다

여자는 아름다운 이야기를 들려주어 스스로 탯줄로 목을 조르게 해야겠다고 생각한다

여자는 무서운 수수께끼를 내어 영혼이 다시 진흙과 곰팡이로 돌아가게 해야겠다고 생각한다

　여자의 아랫배에 아이가 붉은 줄을 그려 넣었다

　여자는 생각한다

　누가 나를 만졌지

　여자의 몸에서 나온 아이는 연기

　누가 나를 만졌지

　여자의 몸에서 나온 아이는 익반죽

　누가 나를 만졌지

　아이의 눈에 여자의 얼굴이 보인다

　누가 나를 만들었지

　여자가 태어났다

머스태쉬, 내가 사랑한 머스태쉬

커튼 너머에 그가 있어요. 나는 그가 무얼 하고 있는지 모르죠. 그가 하고 있을 일 따위야 뻔하지만, 나는 그가 지난밤에 대해 고해를 하고 있는지 성난 고양이를 묶어 놓고는 꼬리를 잡아당겨 대고 있는지 아니면 허기진 마음에서부터 이빨을 키워 내고 있는지 혹은 아, 그가 커튼 사이로 걸어 나오는군요.

나는 그의 수염을 길러 주고 있어요. 처음엔 **롱 비어드**로 길러 줄까 했어요.

"자고로 롱 비어드란 저 삼국지 미염공의 그것 정도는 되어야 한다. 하지만 한창 그대가 그의 수염을 길러 줄 무렵 그는 말했다. 아아, 내 엉덩이에 붙은 박수 소리들이 끈적끈적해. 저 관중들을 봐. 난 무슨 종이컵 속으로 뛰어드는 돌고래라도 된 기분이야. 과연 차라리 그의 엉덩이 털을 길러 주는 게 나을 판이었다."

그러다 **숏 비어드**,

"그야말로 남자의 로망이라 할 수 있다. 다만 관리하기가 매우 힘들다. 그는 그대 몰래 어느 날은 함께 오믈렛을 먹던 크리스천 여성과, 또 어느 날에는 함께 자두를 먹던 지갑 깊숙한 곳에 부적이 든 여성과 채 바지도 다 내리지 않고는 그 짓을 하고 그 짓을 하고 몇 번이나 사정을 해 댔는지 모른다."

그다음엔 고트.

"고트! 늘 어딘가 축축한 것. 그때의 그는 마치 리슐리외 추기경 같았다. 하루는 그가 앉아서 독백하던 붉은 의자가 시멘트 바닥으로 오체투지해 버릴 정도였다. 표정 없는 의자의 입에선 무슈! 무슈! 무슈! 무슈! 그는 근엄하게 말했다. 설마 저 직유의 직조공이 내 엉덩이 털을 맛본 건 아니겠지? 그의 목소리에서 묻어나는 야비함은 어쩔 수 없었다."

아아! 그러나 어떤 수염도 그에겐 어울리지 않았어요. 그래서 지금 길러 주는 수염은 니쁜 삘의 **머스태쉬**. 커튼 사이로 걸어 나오는 그의 머스태쉬가 보여요.

"그는 그대를 사랑하는 것이다. 틀림없다. 마초는 마초답게 방구석에 웅크리고 앉아 있을 줄 알아야 해. 이 얼마나 사랑이 넘치는 말인가?"

수염이라는 건 관리가 중요해요. 아무 면도칼이나 쓰면 곤란하답니다. 번거롭고 귀찮아지죠. 잘못하면 민둥민둥한 살만 남게 되기도 해요. 그래서 저는 **위스커스**용 면도칼을 쓰고 있죠.

"잠깐, ⟨熱血⟩이라는 말이 어울린다는 걸 제외하면 우리는 이 수염이 무척이나 상스럽게 싫다. 설마 여러분에게 이런 야만적인 수염이 있는 건 아니리라 믿는다. 오, 저 뚱보 엘비스를 보라. 완두콩 냄새가 날 것만 같지 않은가!"

그러면 수염이 1㎜ 정도만 남게 되어서 아주 손쉽게 다듬어 줄 수가 있어요. 굳이 너무 깔끔하게 자를 필요도 없답니다. 그의 남성미를 살려 주기 위해 저는 일부러 살짝 지저분하게 몇 가닥씩 남겨 두곤 하지요.

그가 어디론가 가는군요. 화장실에 가는 걸까요? 아니

면 밥을 먹으러 가는 걸까요? 아니면 잠을 자러 가는 걸까요? 아주 시시하게 나는 그가 무얼 하려는 건지 알 수 없어요. 다만 그의 **수염**을 길러 주는 것이 정말 좋아요. 나는 그가 없는 동안 다시금 **뻔한** 짐작이나 해 봅니다.

"그 짐작이란 1. 그는 나를 사랑한다. 매일 밤 변기 속에 내 이름이 적힌 꽃잎을 한 장씩 버리기 위해 꽃을 기른다."

"2. 그는 나를 사랑한다. 매일 밤 창밖으로 내 머리칼을 한 움큼씩 토해 내기 위해 내가 없는 사이 바닥에 떨어진 내 머리칼들을 주워 모은다."

"3. 그는 나를 사랑한다. 매일 밤 내 그림자의 다리를 잘라 침대 밑에 숨긴다."

"아직 끝나지 않은 그대의 생각이란 이토록이나 **뻔하**다. 4. 그는 나를 사랑한다. 매일 밤 면도칼을 들고……"

아! 그가 돌아오는군요. 아름다운 머스태쉬. 그가 다시 커튼 사이로 걸어 들어가요. 커튼 너머로 사라진 머스태쉬의 잔영을 음미하다 나는 **면도칼**을 들여다봐요.

"이제 여백이 없다."

3중으로 된 날들 사이에는 오늘 아침 그의 코밑에서 잘라 낸 털들이 가득하네요. 손톱을 칼날 사이에 집어넣고 힘을 주면서 나는 잘려진 그의 수염 몇 가닥이 빠져나오길 기대해요. 그러나 나오질 않는군요. 부끄러워요.

그는 내가 저 **커튼** 밖에서 무얼 하고 있는지 알까요? 그는 짐작조차 하지 않아요. 그렇죠. 그는 시시하고 부끄러워요. 그는 시시하고 부끄러워요. 사실 알면 재미도 없죠. 그가 나를 미워할지도 몰라요.

"처음 사랑을 가르치신 어머니는 그림자의 형상으로 벽에서 나타나셨다."

커튼을 한번 젖혀 볼까 봐요. 뻔해요. 그는 아마도 내 짐작대로 아! 그가 또 커튼 사이로 걸어 나오는군요. 아름다운 **머스태쉬**가 보여요. 나는 다시 **면도칼**을 바라봐요. 그는 화장실로 가는군요.

"이제 여백이 없다. 이렇게 말하면 정말 시시해지는 것인가."

"수염을 길러 주다 보면 이 남자 저 남자 모두 시시해진다. 남자들이란 하나같이 날이라는 것을 바라보며 우두커니 서 있어 본 적이 있는 것들이다."

"뻔하지. 1. 순결했던 첫 면도를 떠올리는 것이다. 2. 피나 죽음에 대해 생각하는 것이다. 물론 그대도 그랬지만. 그런 그대에게 그는 말했다. 걱정 마. 너도 이제 칼을 다룰 줄 아는 남자가 된 거야."

"그러나 여자들은 종종 미숙하다. 여자들의 다리털이 망사 스타킹 사이로 삐져나온 것을 보면 잠깐, 정말 멋지게도 검고 굵은 털이다. 어쨌든 왜 다리에는 머스태쉬가 없을까 슬퍼진다."

"아름다운 머스태쉬의 그만큼 멋진 건 배트맨 정도밖에

없다. 뾰족한 귀와 검은 슈트와 악의 무리를 때려잡는 굵은 목소리와 아, 이런. 수염이 없군. 없어. 고든 경감은 있지만 형편없다는 것은 설명이 필요 없다.”

면도칼 속에 그는 없어요. 맞아요. 없어요. **수염**. 이제야 빛나고 있어요.

“탈락.”

세상에서 가장 미숙한

저녁의 창고
오늘 너는 말하지 괜찮아
캄캄해 오는 창고는 유쾌하게
너를 비추는데 괜찮아 말하는 것
발돋움하면 닿을 듯한 쿠키 상자 같은 것 아,
생각해 보지만 넘어진다네
테이블 모서리에 머리를 찧고
아야 아야 오래 쭈그리고 앉아 있겠네
보트피플, 미숙한 선원들 노래 맴돌지
오늘 네가 준 선물은 벌집
뜨거운 스펀지 같은 동굴
속에서 솜털 같은 바다를 보았어
바다는 낯선 혀를 쉬이 받아들이는 구조가 아니었네
칼을 꺼내 이리저리 헤집는 것 독해 독해
부유 물질처럼 떠오르는 소문들 괜찮아 괜찮아
너는 도망치듯 입술을 창밖으로 던져 버리네
내일은 담을 타고 만개하는 장미로 담근 술
끝없는 재즈 끝없는 세계
보트피플, 미숙한 선원들 노래하지
사이다 기포 같은 사랑 속에서 출렁출렁

부끄러워질 거야 쓸쓸해질 거야

눈을 뜨지 않으려

달리고 다시 또 달렸어

저녁이 폐 속에 가득 들어와 있지 아주 괜찮게

비상구 앞에서 숨을 헐떡이는 것

그냥 싫어 다 싫어

사랑을 건조기에 넣고 투명하게 돌려 버리는

오늘, 보트피플, 슬픈 말들

가장 미숙한

화진여관

그곳의 이름은 화진여관. 그녀가 그토록 들고 싶어 했던 곳이다. 강철로 가득한 거리. 늘 비가 내리던 거리. 거기에 그 여관이 있었다. 거리의 시작 아니면 끝이었을 길에 자리 잡은 낡아 빠진 여관. 누군가는 목을 매고 자살한 이 층 여관. 간판이 깜빡거리는 여관. 이유는 말하지 않았다. 햇볕은 아늑하고 가로수들은 푸르렀지만.

거기에 그 여관이 있었다. 그녀는 그곳에 들어서는 것을 무서워했다. 한 사람이 간신히 들어설 수 있는 좁은 입구를 무서워했다. 그 앞에 놓인 가파르고 조잡한 시멘트 계단을 무서워했다. 조도 낮은 형광등 아래 놓인 숙박계를 무서워했다.

낙원에서 온 수많은 이름들이 거기 있었다. 불량형의 아침, 아니면 저녁마다 창밖의 불빛을 손톱으로 건드려 보는 것이 유일한 낙인 삶들, 강철의 시작 혹은 마지막이었을 이름들. 그녀의 이름 위로 걷고 있었다. 같잖게. 같잖게. 중얼거리며. 거기에 그 여관이 있었다.

어두운 복도. 문. 문. 문. 문. 어항 밖으로 튀어나온 물고기가 파닥거리고 있었다.

거기에 그 여관이 있었다.

우리는 그곳에 들어갔으니까. 그곳이 이화장이었든 화산장이었든 결국에는 화진여관이었을 그곳에 우리는 들어갔으니까. 모든 것이 너무나 단단했고, 제대로 된 것은 아무것도 없는 때였으니까.

문.

다시 거리에 서면 햇볕은 아늑하고 가로수는 푸르렀던

낙원. 우리는 그곳에 들어갔으니까.

사라진다. 냉동육의 태양이 이글거린다. 강철 아지랑이가 일렁인다. 강철의 살갗 위로 강철의 뼈가 돋아난다. 온몸의 구멍에서 강철의 혈관이 쏟아져 나온다. 절삭되고 깨져 나가고 산화되어 가고 있는 강철의 내부, 넘어설 수 없는,

그림자의 주인

　그녀는 태어나서 한 번도 소리를 지른 적이 없는 것이어서 그녀의 정원에서는 아기의 눈동자처럼 초롱초롱한 개울이 흐르고 사나흘 지난 시신의 가죽처럼 푸르딩딩한 풀들이 자라나요 태양은 창백한데 그럴 만도 한 것이 종종 그림자들이 퍼덕이며 날아가 잠든 태양의 그림자에 붙어 피를 빠는 것이 보이곤 했던 것이고 그때마다 불붙은 그림자들이 떨어져 내려 온 마을이 난리가 나곤 했던 것이지요 마을의 오랜 풍습에 따라 시체 버리는 숲을 지나면 참 좋은 향기가 풍겨 오는 이 세상 아닌 것 같은 예쁜 곳이 있는데 거기가 그녀의 정원이고 어머니들은 그곳에 가지 못하게 했어요 세상에서 제일 큰 어머니가 있는 곳이라 우리 소녀들은 절대 근처에도 가서는 안 된다 했지요 그러나 우리는 곧잘 그 앞에 가서 서로를 할퀴고 물어뜯고 돌로 이마빡을 깨뜨리고 나뭇가지 채찍으로 등짝을 후리고 하며 피가 터질 때까지 놀았는데 그래도 겁을 먹고 어머니 말씀을 지켰던 것이라 지금도 이다음에 커서도 사랑 같은 것은 하지 않겠다고 다짐하여 그 안에 들어간 적은 없어요 우리가 들어온 어머니들의 노래에 따르면 세상에서 제일 큰 어머니의 정원에 들어서면 천하게 아리땁고 환하고 또 쓸쓸한 그녀가 당신을 보는 것이고 당신은 어째서인지 제 몸에서 원숭이 손바닥 냄새가 나는 것만 같아 부끄러워지고 어떤 처절한 균열 같은 것이 척추에서부터 일어난 것처럼 으르렁기리고 그래시 그녀의 그림자를 향해 달려들어 물어뜯고 으르렁거리고 그러다가 또 그것에 존경을 표하고 울부짖고 예배를 올리고 으르렁거리고 하다 마침내 그것을 때리고 또 때려서 죽이게 된다지요 그러고는 가슴이 찢어진다며 슬퍼하다가 하늘을 보면 그림자들이 그 날카로운 송곳니로 내놓은 구멍 사이에서 물고기 같은 별빛이 쏟아져 위안을 얻고 정말로 찢어진 가슴에서 심장을 꺼내 정원에 묻어 두고 떠나면 저승에서 이승으로 와닿는 노랫소리처럼 또 풀들이 자라나고 그림자들이 일어나 물을 주는데 방금 다녀간 당신의 그림자도 갓 자른 탯줄처럼 아직은 싱싱하게 일어나 일한다지요 이들을 바라보는 안개 몇 꺼풀을 씌워 놓은 듯한 그녀의 눈빛과 가지런한 치아는 악몽처럼 친절한 것이어서 그림자에서 태어났다는 그녀의 그림자와 완벽한 미궁 같은 혈관은 마지막 장이 찢겨 나가 결말이 궁금한 소설 같아요 그래서 당신은 또다시 그녀를 찾아오고 만대요 심장을 뜯어낸 자리에 오만칠천 삼백삼십 개 알들을 품고 온대요 다 찢어진 당신은 으르렁거리고 그녀의 그림자를 물어뜯으려 하지만 그

녀는 사랑하듯 당신을 밀쳐 내고 마는 것이고 그러면 찌
그러진 채 녹슬어 가던 당신의 가슴에서 알을 깨고 조그
맣고 귀여운 그녀들이 꼬물꼬물 기어 나와요 울지 않아요
아직도 슬퍼하는 당신 구겨진 당신을 어루만지고 위로하
고 노래하며 근엄하게 당신의 모성을 먹어 치우고 사랑으
로 충만해진 그녀들은 또 어딘가로 떠나가는 것이겠지요
그림자는 지금도 우리 발아래에 붙어 있는 것이어서 우리
를 놀라게 하곤 하는 것이지만

심해어

물방울 속에
물방울이 있었다
내가 태어나고
네가 태어났다
가만히 몸을 말고 있던
가만히 착하게 사랑하고 있던
내 딸이며 누이이며 아내이며
내 투명한 고향
비도 내리지 않고
바람도 불지 않고
결도 없는 물방울 속에
오로지 우리 둘만 있어
네 손끝에서 피어나던 꽃
내 손끝에서 터져 나가던 꽃

배 속에 알이 가득 차 있었다

톱니바퀴

아주 조그만 기분

실이나 종이 같은 것을 좀 토해 낸 뒤

그것들을 바라보는 기분

하늘에서 달력 한 장이 천천히 천천히 내려온다

하늘은 파랗고 구름은 하얘서

아무나 붙잡고 묻고 싶어진다

화장실 좀 가도 될까요?

인간은 결코 죽는 일이 없을 것이라 말한 신처럼

나를 죽이러 나타난 에스파냐인처럼

화장실 좀 가도 될까요?

그래, 그래, 이런 날엔 당신에게 행복한 주말을

세상에 단 둘밖에 없는 듯

당신과 내가 서로 맞물려 돌면서

내일도 주말인 행복한 주말을, 칼을 들고

칼을 들고, 그렇게

아주, 조그만, 기분

세포 한 조각 같은

세포 한 조각이 분열을 하고 살덩이가 되고

해삼이 되고 해삼 같은

벌레가 되고 벌레 같은

먼지가 되고 먼지 같은

탄환이 흐르는 핏줄이 되고

세포 한 조각이

분열을 하고

분열을 하고

분열을 하는, 기분

고대로부터, 바다로부터 잔인하게 이어져 내려온

하늘은 가려지고 그러나 너무나 파랗고

인간은 결코 죽는 일이 없을 것이라 말한 신은

나를 죽이러 나타난 에스파냐인은

사뿐히 아주 사뿐히, 착륙

구름은 너무나 하얗고

아무나 붙잡고 묻고 싶어지는, 기분

농담

너는 말했다

새들은 불타는 것이 보일 때마다 그 위에 드러누워야
했습니다 소문이 무성해지면 정수리가 빠개져야 했습니
다 새들은 사랑을 흘려야 했고 우리의 슬픔은 밥을 굶어
야 했습니다 괜찮아, 그런 날도 있는 거지 정복자들의 따
뜻한 말 한마디에 강의 신, 풀의 신이 또 누워야 했습니다
하루 종일 우는 것이 우리의 관습이었습니다

너는 말해 왔다

밥을 한술 뜨는 짧은 시간 안에 평범하지 않은 일상을
함축해 버리기도 했습니다 애꿎게 낭만적인 세상의 끝까
지 가서는 나의 슬픔은 본능이라고 말하기도 했습니다 모
래로 상처를 덮고 항아리 속에 숨어서 포피 사이로 삐져
나온 귀두처럼 목만 빼고 밖을 내다보기도 했습니다 고서
를 읽다가 그 안에 시간을 눕히고 오랜 잠을 자고 나서야
다시 고양이가 울고 새끼를 낳는 밤이 올 것이라 말해 보
기도 했습니다 하면서 장롱 안으로, 마루 밑으로 향하는
인간을 창조한 신도 몰랐던 가장 지혜로운 슬픔은 아름다
움이라는 것을 깨달았습니다

너는 또 말한다

끊임없이 꿈은 마모되었습니다 영원히 우리는 기억을 복제해야 할 것입니다 신의 사랑이 그림으로 형상화되는 것을 나의 베개는 질투합니다 머리카락으로 얼굴을 가리고 서로에게 다정한 소년들은 용서가 됩니다 삽을 들고 우리는 서로 발목을 묻어 주고 나는 나무입니다 나는 나무입니다 덕분에 칼로 몸에 낙서도 좀 당하고 잎도 좀 떼이고 밤이나 낮이나

너의 마지막 말

나는 나무입니다 나는 나무입니다 덕분에 칼로 몸에 낙서도 좀 당하고 잎도 좀 떼이고 밤이나 낮이나 왜 항상 슬픔을 이야기해야 합니까? 왜 항상 결핍되어 있습니까? 그렇지 않으면 슬픔과 결핍이 결핍된 욕망이거나, 싫습니다, 정말, 싫습니다

나는 너에게 말한다

언젠가 우리가 다시금 조그만 화로를 앞에 두고, 꿈을 꾸지 않는 사람들에 대해 말하는 날이 올 것입니다 그때에야 먼 나라의 순례자가 흘린 피 같은 시간을 마주하며

당신을 만날 것입니다 오래 기다린 내 손은 굳어서 거무
튀튀하고……

나의 말을 끊은 너의 진짜 마지막 말
싫다고

나의 마지막 말
너는 시에서 탈출해 버린다

화장(火葬)

심장에 온몸을 박아 넣고 아가미를 뻐끔거리던

깊은 곳에서 깊어지는 밤

조각난 꿈들이 하나씩 흘러나왔다

눈을 감고 가만히 뜯겨 나갔다고 한다

늑대가 온다

잠들어라
"저기 천천히 걷고 있는 노인처럼."

따뜻한 담요 속에 꿈도 들이지 말고
"형광등이 떨어져 덮칠까 걱정도 하지 말아라."

창밖 가로등 불빛이 오래된 집의 냄새처럼 스며 온다
"감은 눈이 떨린다 다 깨진 창문 같구나."

눈을 뜨지 말아라
망태 할아버지가 눈을 뺏는다

"갈라진 틈으로 울음이 새어 나오는구나."

어둠은 무서운 엄마의 무수한 머리카락들
"숨을 참고 어서 숨어라."

살갗을 찢고 파고들어
온 잠의 혈관을 돌게 된다

"날숨 틈으로 울음이 새어 나오는구나.
잠은 어서 다시 잠들어라."

방은 붉은 눈으로 가득 차 있다
"이빨을 드러낸 사랑이 이글거린다."

울지 말아라 울지 말아라
"바다가 넘쳐 발을 적셔 오듯이."

늑대가 온다
"늑대가 온다."

육등성
―김승일에게

창밖은 분노처럼 조용하다
가만히 들여다보면
분노는 지문 속에서
아픈 사람의 콧김 소리를 내고 있다
얼마나 꿈을 꾸면 죽게 되는 걸까
접었다가 접히고 접히는
새벽 3시의 나비 같은
비 냄새가 왔다 간다
면도도 하지 않은 이 불멸을
당신은 배고 싶다

제4부

당신의 화장(化粧)

뽑아내고 싶다

오래된 재봉틀로 구멍 난 옷을 깁는
화투장을 뒤집어 하루를 점치는

어쩌다 죽은 이들이 찾아오면
가장 아름다운 이름만을 기억해 내는

당신 나를 사랑하는

당신의 얼굴은
도살당한 늪
눈먼 달팽이 부드럽게 말라 가는

겨울 태양 아래 선명하게
잃어버린 바늘같이 눈부신
다리 허공을 차고 있는

낯선 마음의 피가 고여 드는 사람
젖 한번 품은 적 없는 당신의

납작한 젖가슴

저 낡은 숲이 뻐드렁니,
뻐드렁니

처음에 대한 이야기

들어 보세요. 제가 사랑한 아버지가 옛날에 여기 있었습니다. 지금은 아버지, 그를 뒤덮고 있는 나비들만 보이는 것이어서 그 아래 아직도 아버지가 계신지는 알 수 없지만 느린 날갯짓 위로 그가 창조한 수많은 얼굴들이 그저 오고 가는 것인데 그것이 또 참 좋고 슬픈 것입니다.

"그 면면이라는 것은 웃고 있는 사기꾼, 사기꾼이 발명한 사랑, 사랑이 모욕한 불쾌함, 불쾌함이 유감스러워한 바람, 바람이 난해해하던 녹록함, 녹록함이 낡은 거리에서 발견한 수염 같은 것들."

제가 사랑한 아버지다운 바람, 바람이 전한 붉은 비밀, 붉은 비밀처럼 저는 수염들을 악보 위로 주워 모아 보는 것인데

"한평생 해몽을 해 온 습관이 그녀의 출생을 음모한 것이다."

수염이 낳았다는 아버지의 얼굴이 조각조각 맞춰지는 듯도 합니다. 또 언젠가 그가 제 가슴을 도려내 던져 버

린 날이 보이는 듯도 합니다. 저는 우리 아기 가슴뼈로 만든 새장 속에 아직도 앉아서 안아 주지도 못하고 팔을 뻗어 볼 뿐일 것인데

"끄집어낼 수 없는 것은 손안에 품어 보지 못한 꿈."

오래 그의 꿈을 먹고 통통해진 나비들이 떼 지어 날아가 버리는 것입니다.

"시간은 단단하고도 부드러운 표면을 가진 탓에 아버지의 꿈, 그 마지막을 보지 못하였으니 가련함이란 이제 누구의 것인가?"

내 아버지, 그가 이 세상에 유일하게 만든 것이 나비라고만 사람들은 알고 있겠지요.

"그렇지 않다. 얼굴 속에 사는 유령들은 녹아내린 꿈에 젖어 아름다운 것들을 기억하지 못하게 되기도 했던 것이다."

제가 나비를 건드려 얼굴이 태어나지 못하게 하는 것이 싫었기 때문에 그는 결코 잠들지 못한 것이었습니다.

"아버지를 부정할 것이다. 잡을 수 없는 것들로 가득 채워진 계절에."

제가 이 세상에서 유일하게 만든 것이 결국 아버지가 되어 버린 아기들이라고 말씀드린 적이 있을 것입니다.

"아니다. 그녀는 아버지의 혀를 잘라 늪 속에 빠뜨렸고 그것이 처음으로 고래가 되었고 고래는 늪을 돌아다니며 아직 태어나지 않은 아기들을 그 속에 낳기 시작했다. 거미가 꿈을 물어다 아기들에게 먹였고 아기들은 귀엽게 살이 올라갔고 아기들이 꿈을 꾸며 싼 배설물들이 그림자가 되었다."

"아니다. 새장 속에서 꾸물꾸물 그녀는 흘러내려 그림자가 되었던 것이다. 그림자는 남자를 낳았고 남자는 늑대를 키웠고 늑대는 밤을 배설해 냈고 밤은 혀로써 사랑하는 법을 남자에게 가르쳤다. 그 와중에 늑대의 배설물 속에서 아기들이 발견되었던 것이다."

그는 우리 아기들을 하나씩 하나씩 결코 잔인하지 않을 손가락으로 집어 꾸욱 눌러 터뜨리고 또 꾸욱 눌러 터뜨려 버리곤 했지요. 그러나 살아남는 그림자 하나쯤은 어떤 이야기에든 있기 마련입니다.

"거기서 피어난 아픈 꽃은."

처음으로 말이라는 것을 한 것은 아버지의 그림자였습니다. 그림자는 꽃을 예쁘게 키워 그 안의 씨들을 뿌리기 시작했던 것이어서 최초의 말은 사기꾼이 되었던 것입니다. 그다음은 사랑, 그다음은 불쾌해, 그다음은 바람, 그다음은 녹록해, 그리고 마지막은 사실 수염이 아니라 아버지였습니다.

"그것은 수염이 되고 말 것이다. 그녀의 무성한 콧수염을 보라. 아버지는 지상에서 가장 위태로웠던 것이다."

이제 세상에서 가장 낡은 거리만큼 오래 아버지가 보

입니다. 저거 보이지요? 지금 저 아버지에게서 흩어져 나와 늪을 향해 기어가고 있는 저 무수한 뱀들을 보세요. 지금 딱 좆만 하게 말라비틀어져 있는, 내가 사랑한, 저 아버지를 보세요. 나비 한 마리가 달 위에 내려앉는데 아, 이제야 알겠습니다. 그가 제게 주지 않은 것이 있습니다. 수염, 굵은 수염.

웅덩이

"어머니 속에 사람이 있다."

"해 질 녘 증발하는 들판이 있다."

치마 속에 갇힌 물고기들이 서로 혀를 섞었다
서로의 입을 물어뜯었다
얼굴이 사라지고도 서로를 물어뜯었다

"찬란한 산란."

붉은 축제
정수리를 찢고 튀어나오는 비명
비명이 빨려 드는 까마귀의 눈동자
셀 수 없는 세 번째 눈동자
속에서 어머니를 품는 구름은

"예리한 뱀이 있다."

이빨 빠진 자리를 혀로 자꾸만 더듬던 개
눈망울이 불쌍한 개

개가 달려와 나를 핥았다

식탁 밑에 쭈그리고 앉아 울었다

개새끼야 이 위대한 개새끼야

개가 떠나고 나자 지독한 침 냄새만 남았다

유령을 잉태했다

유령을 잉태해서 발가벗겨진 채 쫓겨났다

골목을 돌던 뱀이 한 번 돌아보고는

이내 사라지는 저녁

발에 채는 돌을 집어 들고

발에 채는 돌을 쳐 죽였다

옥상에 올라 아래를 바라보다

구름 속에 숨어들었다

어머니의 품처럼 따스했다

"물구나무선 해가 있고."

구겨진 달빛을 먹는 새들을 생각했다

새들의 배 속에서 천천히 형성되는 알의 형상을 생각
했다

내 새끼야 이 잔인한 내 새끼야

새들이 탈출구 없는 나뭇가지 사이에서 죽어 갔다
죽은 숨들이 이글이글 불타올랐다
불타 죽은 네가 떠올라 마음 아파하면 너는 다시 불타
버렸다
불탄 너를 뜯어 먹으며 천국을 생각하면
머리에 땅을 이고 나는 만삭이 되곤 했다

"어머니 속에는 엄마가 있다."

어머니 속에는 끝이 보이지 않는 실
끝에 네가 묶인 채 얌전히 앉아 있었다
죽은 채 산도(産道)를 지나 탄생하는 꿈은
그런 것이었다

물고기 무덤

당신은 나에게 사랑을 원했고 나는 어금니 속에 노래를 가두었다 어떤 것도 낳을 수 있는 당신의 어떤 것도 씹지 않는 어금니 밤이면 그림자가 얼어붙어 꽃잎조차 떨어지지 못했다 머리 셋 달린 성자가 하늘을 가리켰고 뼈들이 솟아나 숲을 이루었다 Loves me, loves me not 기도하듯 세어 보는 머리카락들 사랑한다, 사랑하지 않는다 어금니 속에서 죄책감처럼 자라나는 머리카락들

"유리 물고기, 투명한
몸속에는 투명한
물고기."

당신과 나, 손대면 바스러져 먼지가 되어 버리는 노래를 만진다 한 가닥, 두 가닥 떨어져 내리는 물고기들, 무성한 물고기들 속에서 당신은 나에게 사랑을 원했고 나의 입은 소멸하듯 벌어진다 온몸에 바늘을 꽂고 춤을 추며 Loves me, loves me not 이건 마치 어떤 것도 죽여 보지 못한 죽음과 같았다

"당신의 눈동자, 뜨거운

달빛에 그을려
찬란하고."

우리는 자궁 속에서 살해당한 꿈에 대해, 더 정확히는
생애를 거슬러 오르려는 꼬리뼈에 대해, 기형의 혈관 속
에 침입한 수도사들이 훔친 사랑에 대해 생각해 보는 것
을 회피한다 가여운 혈관을 퉁겨 연주하는 성가가 흐르고
잔인한 마음에는 진흙을 빚어 만든 얼굴들이 가득하다 흘
러내리는 똑같은 얼굴들 소각장 같은 입을 벌리면 검은 바
다가 출렁이는, 노래의 마지막은 아마도 불타 죽은 우리에
대한 것이 될 것이었다

살아 있는 것 말고는
다른 일은 하지 않기로 했다
나는 입술을 깎아 숟가락을 만들었다
불타 죽은 우리에 대한 것이어야 했다

양과 뱀장어의 여름

1

네 얼굴을 그리겠다고 마음먹은 오후는 증발하는 소리들만 그려 넣고 있다 얼굴을 그릴 때 눈부터 그리면 사랑은 표정을 잃는다 너는 검은 우산 아래로부터 솟아나 속삭인다

2

양들은 모두, 언제나, 조금, 젖어 있는
유리창에 묻은 얼룩은 과거를 향한 기도
흘러내리는 태양은 더럽고 깨끗한 울음
오물오물 끝도 없이 수다스러우면서도 울지 않는
양은 뱀장어의 머리를 하고 있다
온몸에 장미 덩굴을 휘감고 출렁거린다
크로키의 질감으로 걷고 있던 여름

3

대기를 가득 메운 양들의 얼굴 끝없이 습한 얼굴 울 때

마다 웃음이 녹슬어 간다

　고요한 낮잠을 음각하는 펜촉 아래 발가벗은 뱀장어들
이 신화시대처럼 엉켜 있다

　4

　너는 천사 뱀장어의 얼굴을 한 천사 스테이플러를 들
고 철컥철컥 꽃잎들에 박아 넣는 천사 순한 사람들의 붉
은 함구(緘口)를 강요하는 천사 손목을 긋는 대신 손등을
그으면서 다른 남자의 아이를 낳은 천사 결코 그려지지
않을 눈동자를 가진, 바닥없는 목구멍을 가진 천사 턱수
염 난 나의 천사

　5

　의심을 가질 때마다 아름다운 얼굴, 축축한 혀가 나를
핥고 있다
　붉은 여드름이 군데군데 박힌 하얀 가슴이다

6

뱀장어의 머리가 운다 양이 운다 나는 밤새 너의 등을
살펴본다 뱀장어들이 와르르 와르르 와르르 와르르 쏟아
져 나온다 나는 밤새 천사들의 나체를 그린다 언제나처럼
눈부터 그린다 나는 너의 내부에 침몰한 그늘을 만진다 검
은 우산 속에 앉아 여름을 꿈틀거린다 미끈한 외부로 붉은
소리가 비껴간다 그저 아무런 음모도 꾸미지 않기로 한다

7

우리는 발목을 묻고 나락으로 조금씩 스며드는 순례자

크고, 따뜻하다

8

우리는 모두 침대에서 태어났어 나는 너의 손에 뉴런을
그려 넣는다 우리 기억은 종이로 되어 있어 너는 내 눈을
그려 주지 않는다 기억 깊은 곳에 사는 사람들은 구원이

라는 말을 모르지 나는 천사들을 꺼내 얼굴을 지우고 고
깃덩어리를 그린다

9

검은 우산 아래서 새끼 뱀장어들이 꾸물꾸물 꾸물꾸물
꾸물꾸물 기어 나온다 끝도 없이 사랑의 표정에 가까워지
는 듯하다 성난 양의 뿔 같은 질감으로 걷고 있다

방아쇠

네가 고마웠다 그래서
너를 망가뜨렸다
네가 고마웠다 그래서 너를
망가뜨렸다

눈을 뜬 것은 늦은 오후였다 그날 방 안을 채우고 있던
고요는 익사한 여름이었다 똑, 똑 떨어져 내리는 숨소리
아무렇게나 부유하는 옷가지들은 우리를 비난하는 이방
인이었고 쩍쩍 금이 가고 있는 그 방이었는데 갈증과 사
랑을 생각하고 있는 가슴을 움켜쥐면 턱수염을 한번 쓸어
보고 어깨를 토닥토닥 두드리다 너는

다시 잠드는 것이었다 늦은 오후는 갈비뼈 사이에 꽃물
을 그려 넣고 있었다 벽면을 기어가는 그리마 창밖에서 들
려오는 아이들 웃음소리 따위가 엉망인 불안이고 어설픈
수심이었는데 너절하고도 나른한, 너절하고도 나른한 네
가 태어나기 전에 구멍 난 심장만 가지고 죽었다는 꿈이
라는 언니에 대해 나는 말해 보는 것이었는데

그저 살아 있자고 했다

무너져 내리고 있던

방

여름은 아직도 울타리에
너를 널어 두고 있을 것이다

푸르고 또 붉게 팔뚝을 물어뜯는 장미 덤불을
하얀 빨래 같은 뒷모습을
여전히

나는 돌아보고 있었다

마틸다!

사과나무 숲을 지나 늘 달콤한 냄새로 내게 오곤 했던
안녕?
옛 시인들의 시를 읊으며 마음 아파하기 좋아했던 그녀
그녀가 필요한 건 나 아니면 나, 나, 나밖에 없었어
구멍 난 양말이 하나도 부끄럽지 않았어
그녀의 금발은 로맨틱 웨이브로 찰랑거렸고
빨래를 하면 사랑 사랑 방울들이 매캐하게 피어올랐고
죽은 개구리들의 냄새로 이글이글 타오르고 있던
그때는 내전과 추억과 장마와 콜레라의 시대
종종 우리는 함께 딸기를 따러 산에 올랐고

나는 그녀가
허리를 숙일 때마다
가슴근육을 훔쳐보는 게
좋았어

그녀가 허리를 펴면 나는 땀을 닦으며 웃었지
수많은 그림자들이 우리 주위에서 혀를 내밀고 있었어
허름한 내 꿈이라도 그녀에게 발라 주고 싶었어
그런데 마틸다!

이년이 내 돈을 들고 베네수엘라로 날랐다고
부족한 것 없이 자란 그녀가 내 돈을 훔쳤다고

그래서 죄송해요 아버지 마틸다 이년이 제 돈을 들고
도망갔어요 그 돈이 어떤 돈인데, 사실 흐린 날이면 어김
없이 마틸다가 제게 와서 돈을 뜯어 갔어요 오 마틸다! 그
년은 바벨 왕국의 딸이었던 거예요 그년은 엉덩이로도 말
을 하곤 했어요 아버지, 저는 인간의 힘을 믿어요 인간은
마틸다를 빵야! 하고 쏴 죽일 수 있다고 믿어요 저는 마침
표를 찍고 싶지만 찍지 못한 거지요 보세요, 없잖아요 마
침표 다만 표범의 얼룩무늬 같은 시간이 똑딱똑딱 흐르고
있을 뿐 결국 그녀가 선택한 것은 그립고도 그리운, 그립
고도 그리운 예쁜 벽지, 파리똥 묻은 예쁜 벽지, 썩을 대로
썩은 시궁창, 맹그로브 나무가 자라는 시궁창, 그런 그림
이 담긴 액자, 우아한 액자 같은 것 그녀가 필요한 건 나,
나, 나였는데 내 베개 아래서 자라나던 돈이었는데 내 베
개 아래엔 리볼버도 숨겨 두었었는데 그저 사랑한다는 말
이 듣고 싶었어요 인간의 꿈은 역시 건강과 장수 아니겠어
요? 참, 양말 좀 꿰매 주세요 언제나 행복하세요

이제는 마틸다, 또다시 폭풍우의 계절이군 요즘은 개구리들 대신 깡통들이 쏟아져 내려 빵야! 빵야! 몰라, 깡통을 까 보면 그 안에 개구리가 웅크린 채 잠들어 있을지도 몰라 아마 마틸다가 사는 나라에서는 흔한 일이겠지 우리 아버지는 날 나무에 묶어 놓고 채찍으로 때리셨어 나는 깊은 반성 끝에 피를 흘릴 수 있었지 그래도 양말은 꿰매 주시는 분이야 어쨌든 유령이라도 되어 버린 기분이었지만 네가 필요한 건 나, 나, 아니면 나니까 그리고 다행스럽게도 내 베개 아래선 아직도 돈들이 자라나 이제 나는 돈에다 마틸다 얼굴을 그려 넣어 그 돈은 정말이지 잘 팔리고 있어 단위는 '좆같은년'이야 이런 거지 코러스 부탁해! "십 좆같은년 주세요." "네, 이십 페소입니다." 알겠지 내가 사랑하는 마틸다가 모든 사람의 주머니 속에서 사랑받는 게 참 행복한 요즘이야 네가 이미 내 곁에 돌아와 있는 것 같지만 빨리 돌아왔으면 해 기다리고 있어

그런데 개구리 말야 개구리
우리가 처음 사랑을 나누던 날은 헛간에 앉아
리볼버에 탄알을 하나씩 집어넣고 촤르륵 탁!
나는 빵야! 빵야! 개구리들을 공중분해시켰지

오 멋있어!

그녀도 그 고운 손으로 탄알을 하나씩 집어넣고 촤르
륵 탁!

그날도 언제나처럼 개구리들이 쏟아져 내리는 폭풍우
의 낮이었어

나는 온 사랑을 두 손에 담아 그녀의 치마를 들어 올
렸고

분해되어 튀어나온 개구리들의 심장도 쿵쾅쿵쾅

참 눈부신 고환이야 핏줄이 다 보여

그녀의 엉덩이에는 몽고반점 같은 건 없었고

다만 그녀는 오랫동안 예쁘게 웃었지

개굴개굴

●마틸다!: Harry Belafonte의 노래. "Matilda, Matilda, Matilda
she take me money and run Venezuela."

잘 지내고 있어요 완벽하게

선명한 걸까. "정말이다." 씻고 머리에서 김을 모락모락 피워 올리며 건너편 아파트를 바라본 것은. 여전히 수상하지 않은 가정이 발가벗겨져 있던 것은. 날아가는 메트로놈이 똑딱거리며 허공을 자르던 것은. 수은주 아래로 상냥한 성냥이 머리를 내밀던 것은. "요즘 성냥 같은 게 있기는 한가?" 번뜩이는 청어의 예리한 몸통이 거실에 은빛 비늘을 흩뿌리던 것. 갈라진 아파트 벽면에서 눈알이 하나 굴러 나오던 것은. "이건 좀 수상한데?" 어떤 것도 수상하지 않은 오늘은.

기억. 기억했다. 비가 그칠 생각을 하지 않는다고 생각했던 것을. "비는 생각하지 않는다고 해야 맞겠지." 나는 오늘 하루도 온전히 기억하지 못할 것을. 엘리베이터에서는 침을 두 번 꿀꺽 의식해서 삼켰다는 것을 "세 번 삼키던 것 같은데? 눈을 몇 번 깜빡였는지 기억하는 게 쉬웠을지도 모르겠다." 빨강, 검정, 구름무늬, 줄무늬 우산을 쓴 사람들의 얼굴을 의식해서 기억했다는 것을. "네가 아는 사람은 없었다." 6637번 버스를 타고 삑 소리가 나도록 지갑을 갖다 댄 것을. 정확히 237보를 걸어서 직장에 닿은 것을. 그러고는 언제나처럼 안녕하세요 사람들에게 인사

한 것을. "안녕하세요라니 왜 이리 수상하게 느껴지는 걸
까?" 그다음도 분명히 안녕하세요 또 사람들에게 인사한
것을. 오늘 아침 살인 사건에 대해 검색해 보려 했다는 것
을. "확실히 상냥한 청어로 검색했다." 어쩌면 오늘이 정
확히 2년 전 헤어진 당신을 만나기로 한 날이었을지도 모
른다는 것을 기억하기로 한 것을 기억. "하지는 못한 듯
하다." 그러고는 밤에는 낯선 남자를 만났는데 그러고는

    사실은 안녕히 가세요로 시작해서 안녕하세요로 끝나
는 것이 맞을 것이었다.

해와 달이 함께 떠 있던 밤

아침엔 열린 문으로 들어가 새하얀 밥과 뜨거운 국을 먹었습니다 혀를 데었습니다 할머니에게 약손을 해 달라고 했습니다 할머니의 손은 따뜻했습니다 그제야 나는 그만 구름이 되어 흩어졌습니다

당신은 나를 사랑했습니다 저수지에서 머리만 내밀고 있는 개구리 잡는 법을 가르쳐 주기도 했습니다 조몰락조몰락 대야에 풀어놓고 놀았었습니다 그때 당신의 팔뚝에서 흐르고 있던 푸른 굴종을 나는 기억합니다

인터체인지 옆에서 살아가는 것은 언제나 깨진 유리 조각을 앓으며 해를 찾고, 달을 찾는 것이어서 빛나는 눈알이 스키드마크 위로 데굴데굴 굴러가다 떨어져 나간 손톱을 속에 품는 것도, 자박자박 천천히 분홍색 솜사탕을 핥다가 유리알처럼 맺힌 침을 바라보고 또 삼키는 것도, 이해하지 못하는 것도, 이해한다고 생각하면 정말로 이해한 것이라 믿어 버리곤 했습니다 그러면 내가 입을 검게 물들이며 버찌를 주워 먹던, 가난한 동전들이 핏방울처럼 점점이 떨어져 있던, 그 자리에 나무들은 나와 함께 오래 서서 전조등 같은 달이 팔랑거리는 밤이 올 때까지 기다려

주었던 것입니다

당신은 하수구를 따라 천천히 흘러가고 있었습니다 갈라진 배에서 다정한 기억들이 악취처럼 흘러나왔습니다 나는 배가 터져 버린 개구리를 자꾸만 조몰락거리며 바라보았습니다 이미 이해하고 있었으니까, 당신은 당신으로부터 가장 먼 곳에 있다 나는 그렇게 이해하고 있었지만 잡으려 하면 손은 펑크 난 타이어처럼 너덜너덜해져 버릴 것 같았습니다

달렸습니다 타박타박 인터체인지 한가운데에 가면 눈알이 비어 버린 자리처럼 뻥 뚫린 하수구가 있었습니다 거기에서 당신이 오히려 나를 기다리고 있을 것이었습니다 그렇게 한참이나 바라보았던 것입니다 동그란 밤이었습니다 개구리의 검고 붉은 배가 보이는 듯했습니다

어제 당신은 문득 찾아와 내 손을 펴게 하고는, 솜사탕 하나를 쥐여 주고는, 머리를 쓰다듬어 주고는, 웃으며 다시 일터로 돌아갔던 것이었습니다

상징의 힘

잠시 자리를 비운 사이에
노트에 누군가 이런 것을 적어 놓았다
책상 앞에 앉아 읽는다

아빠와 막 목욕을 마치고
머리에서 김이 모락모락 피어나는 아기가
배부른 엄마에게 뒤뚱뒤뚱 달려가 안긴다
달려가는 중에 몸에 두른 수건이 풀려 바닥에 떨어진다
아기는 발가벗은 채 엄마에게 안기면서 떠듬떠듬
아기가 옷을 벗고 엄마를 안아 줬어요
말하며 세상에서 가장 행복한 표정을 짓는다
이제 내게 없는 오래전의 일이다
......

읽다가 그만둔다
또 이런 것이 있다

화난, 분한, 성난, 어안이 벙벙한, 쓸쓸한, 처량한, 처
절한, 상심한, 슬픈, 기운 없는, 눈물이 나는, 불행한, 서
러운, 무기력한, 암담한, 우울한, 울고 싶은, 위축된, 침울

한, 의욕 없는, 절망하는, 주눅 든, 막막한, 희망이 없는,
참담한, 가슴이 찢어지는, 비통한, 후회스러운, 고통스러
운, 괴로운, 비참한, 속상한, 억울한, 원통한, 심란한, 수심
에 찬, 겸연쩍은, 난처한, 당혹스러운, 멋쩍은, 민망한, 부
끄러운, 쑥스러운, 창피한, 수치스러운, 죄스러운, 애타는,
간절한, 부러운, 설레는, 들뜬, 벅찬, 가슴이 터질 듯한, 신
나는, 열렬한, 열정적인, 우쭐한, 짜릿한, 통쾌한, 황홀한,
기쁜, 기분 좋은, 반가운, 유쾌한, 재미있는, 좋은, 즐거운,
흥겨운, 명랑한, 쾌활한, 행복한, 흐뭇한, 흡족한, 차분한,
마음이 놓이는, 안도하는, 안락한, 따뜻한, 애틋한, 찡한,
뭉클한, 감격한, 감동스러운, 감사하는, 고마운, 살아 있
는, 활기찬, 힘찬……

이런 것은 더할 나위 없이 다정하다
이런 것은 아픔이 될 수 없다

망설임 없음이 있을 뿐이다
망설임 없이 펜을 든다

아빠를 지운다

엄마를 지운다
아기를 지운다
......

혼자인 아이에게

허물어지는 병원 안에서
여자는 계단을 닦고 있었다
그것이 무량수전에 닿는
자신의 경사(傾斜)라 했다
나는 고향에 내려와
낯선 길을 걸으며 미안해했다
생산(生産)이라는 말이 궁금해지는
공장들이 셔터를 내리고 있었고
굽이치는 밤들을 몰래
어디에다 버려야 할지 몰랐다
잃을 것이 많지도 않았으나
잃어 가는 시간은 오래 끓어오를 것이다
몸속에 죽은 꿈을 낳고
얼굴 없는 꿈의 얼굴을 쓰다듬으며
젖가슴에서 불꽃을 방울방울 맺으며
고향으로 돌아가는 여자가 그랬고
불꽃을 머리에 이고
죽은 지 저보다 오래된 피 냄새를 당기며
어제의 하늘을 그러모으며 퍼덕이며
물방울 속을 날고 있는 까마귀가 그랬다

죽은 꿈의 얼굴을 확인하고

얼굴을 보지 못했다 말하며

마음을 닫을 수 있다는 말을 한 번도 하지 않을 것임을
알았다

물기 없이 완벽한 쇠 살판 위에서

사라진 발톱, 녹슨 쇠못, 두꺼비 사체 따위 틈에서

심해어처럼 미동도 않던 꿈은

지금도 보드랍기만 하다

선인장 윌슨에게

1월

윌슨, 너는 종일 창가에 앉아 있던 그때 무엇을 보고 있었을까 흐린 하늘에서 떨어져 내리는 낙엽들을 보았을까 알락무늬 벌레들이 군무하는 저녁을 보았을까

나는 목이 말랐고 사랑을 찾아 나섰지 어두운 밤하늘, 없어야 할 별들, 길을 비추어

먼 나라에서 만난 외로운 물고기는 라디오를 듣고 있었어 석양에 붉게 물든 설원의 소리가 낯설어 한참 동안 그에게 길을 물어보았지 그는 수십 세기 동안 끊어진 적 없는 소리의 떨림을 듣고 있었어 세계의 끝처럼 가벼운 밤이었다고 할까 사무치게 화려한 일요일이었다고 할까 창가에 앉은 네가 보이는 듯도 했고

어쩌면 윌슨, 네 몸이 조금씩 가라앉고 있는 것을 나는 본다

흐린 하늘 아래 누렇게 뜬 몸으로 너는 이 별의 흙이 되어 가는 중 내가 너에게 주지 못한 서늘한 온도가 별빛 속

에 흐르기 때문으로

이 별에 없는 소리가 사랑으로 떨리기 시작하는 그때쯤 나는 네게 닿겠지

4월
윌슨, 너는 지금 어느 대양의 심해로 가라앉고 있는지

심해어의 투명한 몸속에서 산화되어 가고 있는지 밤이 새도록 작은 가시로 그를 찌르고 있는지 눈먼 봄을 그 몸에 전하고 있는지

어쩌면 너는 심해의 어느 정원에 늙은 주름으로 앉아 물병자리에서 내리는 뜨거운 소리를 맞고 있는지도

아니, 어쩌면 너는 우리가 처음 만난 그 창가에 아직도 앉아 있을까 비 내리던 혜화동 목이 꺾인 소리들이 흙탕물 속에서 똑, 똑, 다시 똑, 똑, 피어나던

네 다정한 창가에 모여 앉은 고양이들이 은밀한 울음으

로 나를 부르던 그 밤에서

10월

윌슨, 오늘은 오솔길 따라 걷던 짐승들의 길음을 지우
며 비가 내린다

비에 젖은 새의 날갯짓이 너무 멀리 있는 듯 오래되었
고 그 바람으로 나는 네게 돌아가는 중

내가 걷는 이곳은 아름답게 망가진 공명(共鳴) 네 푹 꺼
진 눈이 푸르르던 날의 소리

어쩌면 너는 아직도 어느 습한 창가에 앉아 있는지도
흐린 하늘 너머에서 피어오를 불씨를 기다리고 있는지도
모르고

말없이 온몸을 돌았을 피의 소리
나는 가슴에 귀 대어 보지 못했지만

얼굴이 한 생의 궤적을 완벽하게 보여 주는 것은 아닌

까닭으로

　네게 돌아가는 오늘은 승냥이가 새끼들에게 젖을 먹이는 밤
이는 밤
　망각의 주위를 배회하는 유령들이 기억을 뜯어 먹는 밤

　네가 있는 곳에서도 결코 완성되지 않을 우리가 들릴까

　이 가녀린 반복의 틈에서 나는 또 몇 가닥 소리를 듣는다 월슨, 네 기다림은 지도도 없이 안녕할까 먼 물병자리
를 헤엄치는 내 꼬리가 보일까

2월
　그때 라디오를 듣고 있던 물고기는 내게 물었어

　내 정강이뼈 속에 담아 둔 붉은 꽃물을 꺼내어 본 적
있느냐고
　지금 우리를 파고드는 작은 가시 같은 이별의 떨림을
듣느냐고

윌슨, 네가 없는 창가에 앉은 이 밤 물병자리 쪽에서부
터 사랑이 흘러내린다 꼬리에 매어 놓은 붉은 실이 떨리
고 스러진 소리의 가시가 다시 자란다

Kronos

아버지, 오랜 은둔자

오늘은 잠시 얼굴을 비추는 게 어때요

포구에 박힌 아카시아 향기가 참 좋습니다

음악은 제가 퉁길 테니

오래 묵은 그늘인 듯 검은 하늘

하얀 그믐달이 떴는데

저 그믐달 내일은 제 다리보다 가늘어지겠지요

내일은 누군가 고향에 내려가는 밤입니다

잃어버린 관절이 지금도 유영하는 밤입니다

그러니 아버지, 오랜 은둔자

우리 개펄 속에 들어앉아 만조를 기다리며

슬금슬금 술잔이나 기울입시다

쓸쓸한 전생의 촉감으로 밀물이 들어오기 전에

무딘 호미 같은 입술이 우리 잠을 흩어 놓지 않으면

누군가의 붉은 내벽에 지독하게 흡착해 보지 못한 이
번 생

후회하며 저려 오는 발가락이나 잘라 먹읍시다

빈 소라 껍데기 쥐고 소변이라도 봅시다

아무래도 오늘은 누군가 아버지를 집어삼키며

어릴 적으로 돌아가자고 말할 듯하고

어쩌면 사랑이 소멸해 가는 이 구멍 속에서
저는 조금씩 탄생하고 있는 것인지도 모르겠고
단단한 골격을 가져 보지 못한 연유로
먼 파도 소리처럼 구불거리는 새벽입니다
오늘은 아버지, 천천히 달빛이나 풀어놓읍시다
수평선 따라 뼛속 깊이 기울어집시다
음악은 제가 퉁길 테니

크로노스 우화집

전영규(문학평론가)

1. 심해어(深海語)의 기억

너는 빛 들지 않는 해구에 가라앉은 화강암이다.

먼 심연에는 언제나 푸른 눈이 내린다.

너는 백사장 뜨거운 모래 알갱이들 사이에 묻힌 18K 금
목걸이다.

검은 바위틈에서 빛나는 야광찌의 부러진 허리다.

항구도시의 시끌벅적한 어시장 인파 사이로 잦아드는 뱃
고동 소리다.

금속성의 울림으로 몸을 세운 은갈치의 시뻘건 눈이다.

그러나 너는 저문 여름을 기다리고 있다.

그 심해에서 푸른 자명종 시계의 초침을 부러뜨린다.

　　　　　—「화강암의 기억」(『서정시학』, 2006.여름) 전문

박용진의 시에 대해 이야기하기 전에, 시집에는 수록되지 않은 그의 등단작 한 편을 소개한다. 여기서 시인은 '너'에 대해 이야기한다. 시인이 기억하는 '너'는 "빛 들지 않는 해구에 가라앉은 화강암"이고, "백사장 뜨거운 모래 알갱이들 사이에 묻힌 18K 금목걸이", "검은 바위틈에서 빛나는 야광찌의 부러진 허리", "항구도시의 시끌벅적한 어시장 인파 사이로 잦아드는 뱃고동 소리", "금속성의 울림으로 몸을 세운 은갈치의 시뻘건 눈"이다. '너'라는 존재로 비유되는 대상은 마치 어둡고 아득한 심해 어딘가에서 천천히 굳어간 화강암 같다.

'나'는 빛 들지 않는 해구 깊숙한 곳에서 천천히 식어 간 '너'를 상상한다. 어두운 곳에서 아무도 모르게 천천히 굳어간 '너'라는 존재. 그러나 '너'는 남들과는 다른 특별한 존재감을 발휘한다. 백사장 뜨거운 모래 알갱이들 사이에 묻힌 18K 금목걸이처럼. 검은 바위틈에서 빛나는 야광찌의 부러진 허리처럼. 항구도시의 시끌벅적한 어시장 인파 사이로 잦아드는 뱃고동 소리처럼. 푸른 눈이 내리는 심연의 서늘함 속에 무언의 열기가 감지된다. 깊은 수심 속에서 미세한 음파를 감지하고 몸을 세우는 은갈치의 시뻘건 눈처럼. 여기서 너는 무엇이든 될 수 있다. 시인이 구현하는 특이한 비유 때문에, 광물이 되기까지의 까마득한 시간만큼이나 천천히 식어 간 열기를 품은 너를 상상하게 된다. "방대한 유추를 가능"하게 하는 "시인의 특이한 비유 능력"(「심사평」)은 여기에서 연유한다.

시인의 언어는 심해어(沈海語)를 닮아 있다. 심해를 기다리며 심해가 되어 버린 언어. 한때 쉬지 않고 흘러가던 불덩이가, 심연 속 서늘한 광물이 되기까지의 시간을 감당해 낸 언어. 2006년 등단 이후 시인은 12년이라는 긴 심연을 품은 첫 시집을 수면 밖으로 내놓는다. 등단 연도로 봤을 때, 박용진의 시는 비슷한 시기에 등장했던 시들과 다른 색깔을 지니고 있다. 2000년대 초 문단에 등장한 소위 미래파라 불리는 시들과는 분명 다른 경향을 지니고 있는 것이다. 비슷한 시기에 우후죽순처럼 쏟아졌던 일련의 시류들 속에서 박용진의 시가 특별할 수 있는 건 무엇일까. 다시 말해, 그의 시가 미래파라는 거친 풍랑에 휩쓸리지 않을 수 있었던 이유는 무엇일까. 그것은 시인의 언어가, 언어의 해체와 실험을 동반한 거친 전위를 쏟아 내던 당시의 풍랑 밑으로 고요히 침잠하는 방법을 택해서일 것이다. 풍랑은 언젠가 사그라든다. 한때의 풍랑과 함께 발생했다가 사라진 여느 시들과는 달리, 박용진의 시는 자신만의 심해에서 12년이라는 시간을 기다린다. 그 시간 동안 시인의 언어는 사라지는 것들의 열기를 품은 시(詩)라는 광물이 된다. "밖으로 나오지 못하고 그저 내 속으로, 속으로 숨어들기만 하는 언어들", "누군가에서 내 것이 아닌 전혀 엉뚱한 언어들을 건네받아 번역하고 있는 것"(「당선 소감」)이라는 시인의 말에서, 문득 심해어가 떠오른다. 바다 깊은 곳에서 사라지는 것들을 기다리는 심해어처럼, 세상 가장 깊은 곳으로 한없이 가라앉는 것들을 받아먹는 자. 밖으로 나오지 못한 채 숨어들 수밖에 없는 것들의 보금자리가 되는 자. 그렇다면 그의 시를 읽게 될 자들은 궁금해야 할 것이다. 시인의 몸속에 살고 있는 심해어(深海語)에 대해. 시인의 몸에 숨어들어 자신도 모르는 언어들을 받아 적는 그것들에 대해. 지금부터 시인의 몸속에 숨어든 거대한 심해어를 읽는다.

2. 기원에 대한 이야기

박용진의 시에는 기묘한 이야기들이 있다. 신화나 전설처럼 누구나 한 번쯤은 들어 봤지만 여전히 낯설고 신비한 이야기. 상상 속에서나 나올 법한, 현실에서는 불가능한 이야기. 우리가 살고 있는 이 세상에는 없는 이야기라는 걸 알고는 있지만, 계속 듣다 보면 '이 세상에 없는 이야기'이기에 나도 모르게 가능할 것이라 믿게 되는 이야기. 그런 이야기들이 이상하면서도 아름다운 건, 그 이야기가 어떻게 시작되었는지 아무도 모르기 때문이다. 이야기가 미궁에 빠질수록, 아무 이유 없이 발생한 것일수록 이야기가 지닌 신비감은 빛을 발한다.

처음 벽에서 아이들에게 발견되었을 때 그것은 젖은 얼룩 같기도 했고 누군가 낙서를 해 놓은 것 같기도 했다 아이들은 호기심이 동해 그것을 만져 보고 냄새도 맡아 보았고 그것이 죽은 그림자이며 여자라는 것을 알았다 아이들은 그림자를 떼어 내 눈이나 아랫도리같이 구멍이 있는 곳마다 성냥개비를 집어넣어 불을 붙여 보기도 하고 나뭇가지에 걸

어 놓고 때려 보기도 하며 놀았다

　일을 마치고 돌아오던 남자들이 그 모습을 보았다 남자
들은 직감적으로 그것이 여자라는 것을 알았지만 그림자를
만질 수 있다는 것에 놀랐고 부드러운 살이 느껴진다는 것에
놀랐고 생각보다 무겁다는 것에 놀랐다 그러나 아이들은 가
볍게 그것을 들 수 있었기 때문에 아이들을 시켜 마을 뒷산
에 숨겨 두고 무서운 저주를 지어내어 아이들의 입을 막았다

　(중략)

　남자들은 매일 밤 그림자를 찾아갔다 그들은 그림자에게
옷을 입히고 안락의자를 준비해 그림자를 앉혔으며 머리를
빗겨 주기도 하고 발을 씻겨 주기도 했다 그것은 너무나 아
름다웠고 바람난 어머니 같기도 했다 누군가는 그림자의 구
멍 속으로 기어들어 가 보기도 하고 누군가는 그 구멍에 성
기를 집어넣어 보기도 했으며 때로는 서로 이빨을 드러내며
으르렁거리기도 했다

　(중략)

　젖을 먹던 아이가 돼지에게 물려 죽는 일이 일어났다 몇
몇의 여자들은 돼지를 잡아 잔치를 준비했고 다른 이들은
풍습대로 죽은 자를 버리기 위해 뒷산으로 갔다 천 년째 썩

어 가는 시체 냄새 일 년 된 시체 냄새 따위가 진동하는 가
운데 여자들은 아름다운 꽃향기를 맡았다 향기를 따라가자
그곳에는 안락의자에 앉은 그림자가 하나 있었다 여자들은
직감적으로 그것이 여자라는 것을 알았고 적의감이 가슴속
에서 꿈틀대는 것을 느꼈다 그것은 너무나 아름다웠고 거대
했으며 바람난 어머니 같았다

　　그날 밤 잠든 남자 앞에서 지네를 잡다 이상하다는 생각
이 든 여자들은 하나둘 마을 어귀에 모여들었다 그들은 아
름다운 꽃향기를 따라 그림자를 찾아갔고 서로에게 이빨을
드러내고 으르렁거리는 남자들을 발견했다 이빨 사이마다
무성한 음모가 자라고 있었다 여자들은 달려가 남자들을 걷
어차고 그림자에게 달려들어 그것을 발기발기 찢어발겨 먹
어 치웠다 그림자 속에서 작은 뱀 새끼들이 무수히 쏟아져
나왔고 조그맣게 쪼그라든 남자들은 울고 있었다 여자들은
집에 돌아가 남자 위에 올라탔고 남자들은 처음으로 향기를
가지게 된 여자에게서 처음으로 사랑을 알았다 이듬해 마을
에는 너무나 아름답고 바람난 어머니 같은 여자아이들이 태
어났다

　　　　　　　　　　　　　　　　　　　—「첫, 사랑」 부분

　　시인이 들려주는 기묘한 이야기는 사람의 형상을 한 어
느 그림자에서 시작한다. "너무나 아름답고 바람난 어머니"
같은 그림자. 부드러운 살이 느껴지고 향기로운 체취를 지

닌 그림자. 이 세상의 것이 아닌 것 같아 보이는 '그것'은 묘한 마력을 지니고 있다. '그것'의 존재를 알게 된 자들은 서서히 미쳐 간다. 남자들은 "아름답고 바람난 어머니"를 닮은 그것에 매혹되어 밤마다 '그것'을 찾아가거나, '그것'의 "구멍 속으로 기어들어 가 보기도 하"고 "성기를 집어넣어 보기도" 한다. 불가사의한 마력을 지닌 '그것'은 그 힘에 매료된 자들에게, 혹은 그 힘을 두려워하는 자들에게 "발기발기 찢어발겨 먹"힌다. 그러자 찢겨진 그림자 속에서 "작은 뱀 새끼들이 무수히 쏟아져 나"온다. 이듬해 그 마을에는 "너무나 아름답고 바람난 어머니 같은 여자아이들"이 태어난다.

　　할아버지는 죽기 한 달쯤 전에 산에서 생전 처음 맡는 향기를 맡았다 할아버지는 직감적으로 그것이 꽃향기이며 여자의 것임을 알았다 그것은 냄새와는 다른 흔적 같은 것이었고 그것을 따라가자 거기에는 새하얀 피부에 머리카락이 몹시 검은 여자아이가 있었다 아이를 보는 순간 할아버지는 겁먹는 것이 겁이 났다 그래서 할아버지는 옷자락을 만지작거리며 너무나 아름답고 바람난 어머니 같은 여자아이에게 다가갔다

　　(중략)

　　그림자만 배불렀던 여자아이는 사내아이를 낳았다 아이는 온몸이 환한 비늘로 덮여 있었고 할머니는 마을 어딘가

163

의 웅덩이에 사는 용왕님이 보내신 거라 믿고 싶었다 과연 비늘을 몇 장 떼어 내자 준수한 용모의 아버지가 나왔다 여자아이는 어딘가로 사라졌는데 그때 할머니는 처음 사랑을 알았다 나무들의 그림자가 뼛속에 스미는 소리, 잠든 아버지의 비늘들이 싸락거리는 소리, 여자아이가 흘리고 간 양수가 굳어 가는 소리, 소리 속에서

할아버지는 아버지가 태어나기 전에 돌아가셨다 동네 할머니들 말로는 힘이 장사라 죽기 얼마 전에 마을 정자나무를 심고 혼자 돌들을 옮겨 그 터를 닦으셨다는데 사람이 그리 쪼그라들 수 있나 산에서 발견된 할아버지 옷을 들춰 보니 뱀 새끼 수십 마리가 기어 나왔고 그 속에 할아버지가 딱 좆만 하게 말라비틀어져 있었다는 것이다 어쨌든 지금껏 살아남아 있는 것은 할머니들이었다

—「뿌리」 부분

두 번째 시 「뿌리」에서도 이와 비슷한 이야기가 이어진다. 할아버지는 죽기 한 달 전, 산에서 "하얀 피부에 머리카락이 몹시 검은", "너무나 아름답고 바람난 어머니 같은 여자아이"를 만난다. 이후 그림자만 배불러진 여자아이는 "온몸이 환한 비늘로 덮"힌 사내아이를 낳고 어디론가 사라진다. 결국 할아버지는 아버지가 태어나기 전에 돌아가셨고, 어느 날 할머니는 돌아가신 할아버지의 옷을 들춰 보니 "뱀새끼 수십 마리가 기어" 나왔다는 신기한 이야기.

시인이 들려주는 이야기 속 그림자의 정체는 무엇일까. 사람의 형상을 한 그림자. 아름다운 꽃향기와 보드라운 살이 만져지는 그림자. 너무나 아름답고 바람난 어머니 같은 형상을 한 그림자. 그림자만 배불렀던 여자아이와 아버지의 탄생. 발기발기 찢겨진 그림자 속에서 기어 나온 무수한 뱀. '그것'이 지닌 불가사의한 현상을 목격한 자들이 반드시 깨닫게 되는 사랑이라는 낯선 감정. '그것'이 지닌 마력을 경험한 자는 처음으로 사랑이라는 것을 알게 된다. 사랑을 알게 된 후 그들은 한 생명의 탄생을 경험한다. 시인이 들려주는 이 기묘한 이야기는 결국엔 사랑에 관한 것이자 존재의 기원에 관한 것으로 이어진다.

우리가 들어온 어머니들의 노래에 따르면 세상에서 제일 큰 어머니의 정원에 들어서면 천하게 아리땁고 환하고 또 쓸쓸한 그녀가 당신을 보는 것이고 당신은 어째서인지 제 몸에서 원숭이 손바닥 냄새가 나는 것만 같아 부끄러워지고 어떤 처절한 균열 같은 것이 척추에서부터 일어난 것처럼 으르렁거리고 그래서 그녀의 그림자를 향해 달려들어 물어뜯고 으르렁거리고 그러다가 또 그것에 존경을 표하고 울부짖고 예배를 올리고 으르렁거리고 하다 마침내 그것을 때리고 또 때려서 죽이게 된다지요 그러고는 가슴이 찢어진다며 슬퍼하다가 하늘을 보면 그림자들이 그 날카로운 송곳니로 내놓은 구멍 사이에서 물고기 같은 별빛이 쏟아져 위안을 얻고 정말로 찢어진 가슴에서 심장을 꺼내 정원에 묻어 두

고 떠나면 저승에서 이승으로 와 닿는 노랫소리처럼 또 풀
들이 자라나고 그림자들이 일어나 물을 주는데 방금 다녀간
당신의 그림자도 갓 자른 탯줄처럼 아직은 싱싱하게 일어나
일한다지요 이들을 바라보는 안개 몇 꺼풀을 씌워 놓은 듯
한 그녀의 눈빛과 가지런한 치아는 악몽처럼 친절한 것이
어서 그림자에서 태어났다는 그녀의 그림자와 완벽한 미궁
같은 혈관은 마지막 장이 찢겨 나가 결말이 궁금한 소설 같
아요 그래서 당신은 또다시 그녀를 찾아오고 만대요 심장
을 뜯어낸 자리에 오만칠천 삼백삼십 개 알들을 품고 온대
요 다 찢어진 당신은 으르렁거리고 그녀의 그림자를 물어뜯
으려 하지만 그녀는 사랑하듯 당신을 밀쳐 내고 마는 것이
고 그러면 찌그러진 채 녹슬어 가던 당신의 가슴에서 알을
깨고 조그맣고 귀여운 그녀들이 꼬물꼬물 기어 나와요 울지
않아요 아직도 슬퍼하는 당신 구겨진 당신을 어루만지고 위
로하고 노래하며 근엄하게 당신의 모성을 먹어 치우고 사랑
으로 충만해진 그녀들은 또 어딘가로 떠나가는 것이겠지요
그림자는 지금도 우리 발아래에 붙어 있는 것이어서 우리를
놀라게 하곤 하는 것이지만

―「그림자의 주인」 부분

시인은 이 세상의 것이 아닌 존재가 살고 있는 장소에 대
해 이야기한다. "세상에서 제일 큰 어머니의 정원에 들어서
면 천하게 아리땁고 환하고 또 쓸쓸한 그녀가 당신을 보"게
되고, 그러면 당신은 "어째서인지 제 몸에서 원숭이 손바닥

냄새가 나는 것만 같아 부끄러워지고 어떤 처절한 균열 같은 것이 척추에서부터 일어난 것처럼 으르렁거리고 그래서 그녀의 그림자를 향해 달려들어 물어뜯고 으르렁거리고 그러다가 또 그것에 존경을 표하고 울부짖"는 것을 반복하다 마침내 그녀를 죽이게 된다. 광기의 시간이 지난 후 정신이 든 당신은 그녀의 죽음을 슬퍼하며 슬픔으로 찢어진 가슴에서 심장을 꺼내 그녀의 정원에 묻고 떠난다. 이후 뜯어낸 심장의 자리에서 "오만칠천 삼백삼십 개 알들"이 생겨나고, 조그만 그녀들이 꼬물꼬물 알을 깨고 기어 나온다. 수많은 자신을 잉태할 텅 빈 심장을 찾기 위해 어딘가로 떠나는 그녀들. 이것이 저주받은 그림자 인간이 나오는 이야기가 지닌 공식이다.

아름다운 여자의 형상을 한 그림자. 그림자 속에서 쏟아져 나오는 무수한 뱀들. 하얀 비늘로 덮인 사내아이의 탄생 비밀. 세상에서 제일 큰 어머니가 있는 정원. 방금 떠난 나의 그림자가 "갓 자른" 싱싱한 "탯줄처럼" 살아 움직이는 정원. 모든 이들을 파멸로 이끄는 마력을 지닌 '그것'의 존재. 이것이 상징하는 의미들을 일일이 해석하지는 않겠다. 중요한 건 이러한 소재가 지닌 이야기의 매혹이다. "당신의 입속에서도 어둡게/어둡게 세상이 자라난다/벌겋게 펄떡이는 심장이었다가/어지럽게 핏줄 뻗어 나간 가시덩굴이었다가/연한 이파리들은 하늘이 되고/가시에 찔려 구멍 난 어둠으로 바다가 새어 든다"(「태양 마차 아래에 누워 있던 엄마」). 세상이 자라나는 당신의 어두운 입속처럼, 시인이 구현하는 대상이 매혹적인 이유는 "찬란한 산란"(「웅덩이」)과 같은 무한한 생명력과 끊임없이 유동하는 세계를 연상하기 때문이다.

세상에서 제일 큰 어머니가 있는 정원, 아름다운 어머니를 닮은 그림자에서 당신이 탄생한다. 나를 이곳에 존재할 수 있게 한 당신. 하얀 비늘로 덮인 채 태어난 준수한 용모의 당신. 한때 강력한 권력의 상징이었던 당신. 그리고 여전히 나에게 존재의 의문을 던지며 호명되는 당신. 지금부터 시인이 들려주는 '그'에 대한 두 번째 이야기가 시작된다.

3. 죽어야 사는 아버지에 대한 이야기

"아버지의 문제는 신의 문제와도 같다."[1] 신의 죽음을 선언한 니체 이후, 아니 니체 이전부터 신은 한 번도 실존한 적이 없었다. 사람들은 언제 어느 때나 죽어 있는 자를 살해했을 따름이다. 그런 의미에서 오이디푸스 신화는 아직도 무한한 해석이 가능한 우화집이다. 들뢰즈는 신의 부재와 관련해 수천 년 동안 죽어 온 아버지들의 이야기를 다음과 같이 해석한다. "신이 죽었는지 죽지 않았는지, 아버지가 죽었는지 죽지 않았는지는 결국 같은 것으로 돌아온다. 왜냐하면 살아 있다면 신 또는 아버지의 이름으로, 죽었다면 인간 또는 내면화된 죽은 아버지의 이름으로, 똑같은 탄

---

1 들뢰즈 & 가타리 저, 김재인 역, 『안티 오이디푸스』, 민음사, 2015, p.193.

압과 똑같은 억압이 뒤따르기 때문이다."² 신 또는 아버지
의 이름으로 자행되는 똑같은 탄압과 억압의 반복이, 나라
는 존재를 향한 의문을 던지며 이곳의 역사와 문화를 이루
어 나간다. 중요한 건 신(아버지)이 죽었다는 소식이 아니다.
신의 죽음으로 인해 발생하는 인간의 무수한 반작용들이
다. 신의 죽음 혹은 죽은 아버지에 대한 소식은 신이 사라
진 세계를 사는 자들에게 "불신에 기초한 믿음"³을 믿는 종
교, 즉 '아무것도 믿지 않음'을 믿는 자들을 만들어 낸다.

그렇다면, 들뢰즈가 진단하는 아버지에 대한 이중의 부
정을 문학에 적용해 본다. 한국 시단에서 '아버지'를 적극적
으로 호명하는 작품을 떠올리자면 이상의 시편들을 들 수
있다.

> 나의아버지가나의곁에서좋을적에나는나의아버지가되고
> 또나는나의아버지의아버지가되고그런데도나의아버지는나
> 의아버지대로나의아버지인데어쩌자고나는자꾸나의아버지
> 의아버지의아버지의……아버지가되니나는왜나의아버지를
> 껑충뛰어넘어야하는지나는왜드디어나와나의아버지와나의아
> 버지와나의아버지의아버지의아버지의아버지와나의아버지의
> 아버지의아버지노릇을한꺼번에하면서살아야하는것이냐
>
> —이상, 「조감도—시 제2호」 전문

---

2 들뢰즈 & 가타리, 같은 책, p.191.
3 들뢰즈 & 가타리, 같은 책, p.191.

이상의 시에서 아버지를 호명하는 나의 행위는, 아버지라는 대타자를 향해 던지는 나라는 시적 주체의 히스테리적 질문과 관련한다. 아버지의 부조리한 시대를 고스란히 이어받아야 하는 나. 아버지의 세계를 거부할 수도 없고 그렇다고 그 세계에 동화될 수도 없는 자신을 발견하는 지점에서 이상의 아버지는 호명된다.

박용진의 시에서도 아버지를 호명하는 내가 등장한다. 아버지를 호명하는 일. 아버지(신)가 죽었다는 것을 이미 다 알고 있는 이곳에서 다시 한 번 아버지를 호명하는 나의 행위는 무엇을 의미하는가. 그것은 '이미 죽은 당신을 아버지로 둔 나는 무엇인가'라는 존재의 근원을 재확인하는 일일 것이다. 그러나 주체는 결국 그 의문에 대한 답을 찾지 못하고, 아니 찾을 수 없다는 자명한 사실을 알게 된다. 왜 나는 애초부터 이미 죽은 당신이라는 아버지를 감당해야 하는 것이며, 왜 당신은 나를 온전히 보증해 주지 못하는가. 당신이 내게 원하는 것은 무엇인가. 내가 원해야 할 것은 무엇인가. 나라는 주체의 무력감을 확인받는 지점에서 아버지는 호명된다.

아버지, 내 이름자 바울로라 하시고, 오 주님 이 견줄 데 없는 기쁨 감사합니다. 하시고, 당당한 나신으로 품안에 내 이름자 없힌 나를 안고 걸음하셨겠지요.

아버지, 이제 사람들은 내게 죄 많다 합니다. 그러나 아버지, 거룩한 조과성서 봉독의 소리 낮게 흩어질 때에 夢魔의 유희에 허우적대고 있었으나 내 귀는 열려 있었습니다. 이 바울로 성찬의 식탁에 임할 때에도 과하지 아니하고, 인색하지도 않을 만큼 즐기었습니다. 사타구니에서 벌겋게 단 숯이나 불길이 온몸을 휘감아도 그와 벗하지 아니하였고, 동녘에 걸린 샛별이 그 찬란한 광휘로 아아, 내 영혼 나락으로 휘몰아 갈 때에도 바벨 언어 지껄이지 아니하였습니다. 할렘의 비좁은 골목, 버짐 핀 오랑캐 창녀가 꽃으로 내게 던져지나 쉬이 은총의 씨앗 뿌리지 아니하였습니다.

아버지, 당신마저도 나를 죄인이라 하십니까? 내게 이 거룩한 이름을 얹어 주실 때에는 장차 내 손끝에 향기가 감돌고 내 감은 눈 위로는 꽃이 피고 지기를 바라셨겠지요. 내 입에서 젖과 꿀이 흐르기를 바라셨겠지요.

아버지, 아시겠지만 내 혀끝에 거짓은 없습니다. 아니라고요? 나는 뱀의 자식이 아닙니다. 아버지, 내 몸뚱이에 바울로라 이름하신 건 아버지입니다.

내게도 자식들이 있습니다. 그 어떤 이름도, 세례도 받지 않았습니다. 믿음이 떠난 복음만큼이나 형형한 빛을 발하고 있는 사생아들입니다. 아니, 아니, 동정녀의 몸에서 잉태한 아이들이었겠지요.

좋습니다. 저 높은 십자가에 매달리겠습니다. 거짓으로 가득 찼다 하시는 이 죄인, 오장육부 밤새 들끓어 이 거룩한 이름 위에 마침내 피를 토해 내고 그 피, 포도주 되어 이 땅을 적실 겁니다. 그러나 아버지, 내 이름자 바울로입니다.

　　　　　　　　　　—「바울로의 변명」(『서정시학』, 2006.여름) 전문[4]

　사랑하는 아들을 제물로 희생하라는 신의 계시를 받았던 아브라함의 딜레마를 두고 지젝은 다음과 같이 말한다. 성서에 나오는 아브라함의 딜레마는, 그가 믿는 신을 위해 그의 혈육인 자신의 아들을 반드시 희생해야만 한다는 사실에 있는 것이 아니다. "신에 대한 그(아브라함)의 사랑을 위해 그의 신념 속에 근거하고 있는 바로 그 종교가 그에게 사랑하라 명하는 것을 희생해야만 한다는 사실"에 있다. "너가 지닌 신념을 증명할 유일한 길은 바로 그 신념이 너에게 사랑하라 명하는 것을 배반하는 일이다."[5] 쉽게 말하자면 이런 물음들이다. 너(내)가 지닌 신념을 위해 너(나) 자신에 대한 사랑을 포기할 수 있는가. 보이지 않는 대상을 향한 신념을 위해 스스로를 희생할 수 있는가.

　순교야말로 나 스스로를 사랑하라 명하는 것을 배반하는 일이자, 죽음이란 극단적인 선택을 통해 내가 지닌 신념을

---

4 이 시 또한 이 시집에 수록되지 않은 등단작들 중 하나에 속한 것이라 전문을 인용한다.
5 슬라보예 지젝 저, 이성민 역, 『까다로운 주체』, 도서출판b, 2005, p.518.

증명하는 최후의 방식이다. 시인은 바울로의 순교를 통해
자신의 신념을 증명한다. 시인이 지닌 신념은, 자신에게 바
울로라는 이름을 부여한 당신을 향한 것이든, "내 영혼 나
락으로 휘몰아 갈 때에도 바벨 언어 지껄이지 아니"한 시인
으로서의 의무일 수도 있다. 중요한 건 내가 앞으로 감당해
야 할 삶은 당신이 바라던 삶과는 전혀 다른 삶이라는 것이
다. 당신은 나에게 "거룩한 이름을 얻어" 줄 때처럼 "내 손끝
에 향기가 감돌고 내 감은 눈 위로는 꽃이 피고 지기를 바"
랐고 "입에서 젖과 꿀이 흐르기를 바라셨"지만, 정작 당신
이후의 삶을 사는 나는 그러지 못했다. 당신이란 존재를 부
정하지는 않겠다. 그러나 나는 당신이 바라는 삶을 살지는
않겠다. 아니, 살 수 없다. 당신이 바라는 에덴동산은 적어
도 내가 사는 시대에서는 불가능한 이상향일 뿐이다. 불신
에 기초한 믿음처럼, 내게도 "믿음이 떠난 복음만큼이나 형
형한 빛을 발하고 있는 사생아들"이 있다. "그 어떤 이름도,
세례도 받지 않"은 아이들. 이제 나 또한 나의 아이들을 위
해, 당신처럼 "아버지가되고" "아버지의아버지노릇을한꺼번
에하면서" 살아야 할 것이다. 나 또한 너에게 사랑하라 명하
는 것을 배반하라는 당신의 종교, 나의 신념을 향해 예전의
당신처럼 "저 높은 십자가에 매달리"는 삶을 택할 것이다.

　당신이 주신 "이 거룩한 이름 위에 마침내 피를 토해 내
고 그 피, 포도주 되어 이 땅을 적실" 것이니, "그러나 아버
지, 내 이름자 바울로입니다." 이 시의 마지막 구절의 "그러
나"를 다음과 같이 해석할 수도 있겠다. 당신이 준 이름을

받아들인다는 것, 당신으로 인해 이곳에 내가 존재한다는 것은 인정하지만, 나는 당신의 바울로가 아니다. 그 누구의 바울로가 아닌, 나라는 개별적인 주체로서의 '바울로'다. 당신이란 존재를 인정하되 나를 온전히 보증하는 건 당신이 아니다. 종교적인 소재를 다룬 시들 중에서도 그의 시가 특별한 이유는 여기에 있다. 당신뿐만 아니라 나조차도 나를 온전히 보증한다는 것이 불가능하다는 자명한 사실을 아는 순간, 그 어떤 이름도, 세례도 받지 않은 시인의 언어가 발생한다. 믿음이 떠난 복음만큼이나 형형한 빛을 발하는 나의 언어들을 향해, 나도 드디어 예전의 당신처럼 '나와 나의 아버지 노릇'을 해야만 할 것이다. 이것이 당신과 나 사이에 보이지 않게 이루어지는 세대교체이자, 세상을 향해 다양한 방식으로 전승되는 존재의 호명이다.

들어 보세요. 제가 사랑한 아버지가 옛날에 여기 있었습니다. 지금은 아버지, 그를 뒤덮고 있는 나비들만 보이는 것이어서 그 아래 아직도 아버지가 계신지는 알 수 없지만 느린 날갯짓 위로 그가 창조한 수많은 얼굴들이 그저 오고 가는 것인데 그것이 또 참 좋고 슬픈 것입니다.

(중략)

수염이 낳았다는 아버지의 얼굴이 조각조각 맞춰지는 듯도 합니다. 또 언젠가 그가 제 가슴을 도려내 던져 버린 날이 보이는 듯도 합니다. 저는 우리 아기 가슴뼈로 만든 새장 속에 아직도 앉아서 안아 주지도 못하고 팔을 뻗어 볼 뿐일 것인데

"끄집어낼 수 없는 것은 손안에 품어 보지 못한 꿈."

오래 그의 꿈을 먹고 통통해진 나비들이 떼 지어 날아가 버리는 것입니다.

"시간은 단단하고도 부드러운 표면을 가진 탓에 아버지의 꿈, 그 마지막을 보지 못하였으니 가련함이란 이제 누구의 것인가?"

내 아버지, 그가 이 세상에 유일하게 만든 것이 나비라고만 사람들은 알고 있겠지요.

"그렇지 않다. 얼굴 속에 사는 유령들은 녹아내린 꿈에 젖어 아름다운 것들을 기억하지 못하게 되기도 했던 것이다."

제가 나비를 건드려 얼굴이 태어나지 못하게 하는 것이 싫었기 때문에 그는 결코 잠들지 못한 것이었습니다.

"아버지를 부정할 것이다. 잡을 수 없는 것들로 가득 채워진 계절에."

제가 이 세상에서 유일하게 만든 것이 결국 아버지가 되어 버린 아기들이라고 말씀드린 적이 있을 것입니다.

"아니다. 그녀는 아버지의 혀를 잘라 늪 속에 빠뜨렸고 그것이 처음으로 고래가 되었고 고래는 늪을 돌아다니며 아직 태어나지 않은 아기들을 그 속에 낳기 시작했다. 거미가 꿈을 물어다 아기들에게 먹였고 아기들은 귀엽게 살이 올라갔고 아기들이 꿈을 꾸며 싼 배설물들이 그림자가 되었다."

"아니다. 새장 속에서 꾸물꾸물 그녀는 흘러내려 그림자가 되었던 것이다. 그림자는 남자를 낳았고 남자는 늑대를 키웠고 늑대는 밤을 배설해 냈고 밤은 혀로써 사랑하는 법을 남자에게 가르쳤다. 그 와중에 늑대의 배설물 속에서 아기들이 발견되었던 것이다."

그는 우리 아기들을 하나씩 하나씩 결코 잔인하지 않을 손가락으로 집어 꾸욱 눌러 터뜨리고 또 꾸욱 눌러 터뜨려 버리곤 했지요. 그러나 살아남는 그림자 하나쯤은 어떤 이야기에든 있기 마련입니다.

"거기서 피어난 아픈 꽃은."

처음으로 말이라는 것을 한 것은 아버지의 그림자였습니

다. 그림자는 꽃을 예쁘게 키워 그 안의 씨들을 뿌리기 시작
했던 것이어서 최초의 말은 사기꾼이 되었던 것입니다. 그
다음은 사랑, 그다음은 불쾌해, 그다음은 바람, 그다음은 녹
록해, 그리고 마지막은 사실 수염이 아니라 아버지였습니다.

"그것은 수염이 되고 말 것이다. 그녀의 무성한 콧수염을
보라.[6] 아버지는 지상에서 가장 위태로웠던 것이다."

---

[6] 박용진의 시에는 "그녀의 무성한 콧수염"이나 "거세당한 수컷의 품 안에
서 젖을 빨아 보는"(『화요일들』) 것과 같은 구절처럼 양성성, 혹은 무성성
과 같은 성별의 구분이 모호한 이미지들이 등장한다. 이 부분과 관련해 연
상되는 건 지젝이 말한 '세 번째 아버지'다. 지젝은 『까다로운 주체』에서 '세
명의 아버지'를 언급한다. 첫 번째는 부성적 권위의 아버지, 두 번째는 19
세기 말 부르주아의 출현과 개인주의의 발생에 영향을 받아 탄생한, 권위
와 체면을 잃은 아버지(다른 의미에서는 향유의 지식을 부여받은 외설적
아버지), 세 번째는 흉포한 무지에 사로잡힌 아버지다. 이 '세 번째 아버지'
에 주목할 필요가 있는데 이 아버지(신)의 속성은 전통적인 성별화된 지혜
를 추방하는, 아직도 여전히 큰 타자(상징적 질서)와 향유 사이에 궁극적
조화의 유사물이 존재하는 남성적 '원리'와 여성적 '원리'(음과 양, 빛과 어
둠, 땅과 하늘) 사이의 기저에 깔린 어떤 성적 긴장에 의해 규제되는 대우
주(macrocosm) 개념을 추방하는 신이다. 이 신은 성별화된 옛 지혜에 대
한 파괴를 성취하고 근대과학의 탈성별화된 추상적 인식을 위한 공간을 열
어 놓는다는 점에서 신의 부재 이후, 후근대적 이후, 즉 지금 현재에 발생하
고 있는 이전과는 보지 못한 다양한 주체성의 형태들(여성, 성소수자, 소수
민족)을 생각해 보게 한다.(슬라보예 지젝, 같은 책, p.511.) 이 점과 관련
해 박용진의 시에서 발견되는, 양성성 혹은 무성성의 속성을 지닌, 성별의
경계가 모호한 이미지들은 흥미로운 부분이다. 아직은 미비한 징후라고도
할 수 있지만 이러한 요소가 시인의 시 세계를 이루어 갈 무한한 가능성들
중 하나가 되지 않을까 예상해 본다.

이제 세상에서 가장 낡은 거리만큼 오래 아버지가 보입니다. 저거 보이지요? 지금 저 아버지에게서 흩어져 나와 늪을 향해 기어가고 있는 저 무수한 뱀들을 보세요. 지금 딱 좆만 하게 말라비틀어져 있는, 내가 사랑한, 저 아버지를 보세요. 나비 한 마리가 달 위에 내려앉는데 아, 이제야 알겠습니다. 그가 제게 주지 않은 것이 있습니다. 수염, 굵은 수염.

　　　　　　　　　　　　　　　—「처음에 대한 이야기」 부분

　이상을 포함해 지금까지의 시적 주체가 나에 대한 의문을 아버지(대타자)에게 묻는 방식이었다면, 박용진의 시적 주체는 아버지에 대한 의문을 내가 먼저 알리는 방식을 취한다. 시인에게 아버지란, 권위를 상징하거나 권력을 행사하는 자가 아니다. 당신이 바라던 꿈인 그 마지막을 보지 못한 '가련한 아버지', '지상에서 가장 위태로운 아버지'처럼 부성적 권위를 잃고 몰락한 자다. 나는 과거의 당신이 행했던 무자비함을 알고 있음에도 당신을 연민한다. 왜냐하면 당신이란 존재는 (신의 죽음과 관련해) 이미 죽었다는 사실을 다 아는 자들이 사는 시대라는 막다른 골목에 다다랐기 때문이다. 자신이 죽었는지도 모르는 아버지. 당신의 존재를 증명하기 위해선 내가 필요하다. 내가 이 세상에서 유일하게 만든, 나로 인해 탄생한 "아버지가 되어 버린 아기들"을 위해서라도. 당신이 이미 죽었다는 것마저 잊어버린 자들을 향해. 당신이란 존재를 한낱 무관심한 대상으로 치

부하는 자들이 사는 이곳을 향해. 나는 "들어 보세요. 제가 사랑한 아버지가 옛날에 여기 있었습니다"라고 외쳐야 한다. 이는 아버지를 상징하는 권위나, 그 권위를 발생시켰던 과거의 체제를 인정해야 한다는 의미가 아니다.

이제 아버지의 문제, 신의 문제는 불가능한 것, 무관심한 것이 되었다. 그런 존재를 긍정하건 부정하건, 살리건 죽이건 그것은 결국은 같은 것으로 돌아온다.[7] 아버지(신)라는 존재의 유무를 따지는 것보다 더 문제가 되는 건 대상을 향한 무관심이다. 들뢰즈가 진단한, '결국은 같은 것으로 돌아오는 그 문제'란, 당신의 죽음 그 이후의 삶을 아무도 상상하지 않는다는 것이다. 당신이 부재하는 시대를 살아가는 자들이 명심해야 할 건 이것이다. 혁명 이후의 시대를 상상하는 일. 부당한 권위와, 그 권위를 발생시켰던 과거의 체제가 끝났다고 해서 온전한 세계가 이루어지는 건 아니다. 나라는 존재의 근원이 무엇인지에 대한 답을 찾지 못하는 불가피한 사실에서 당신이 호명되고, 나아가 내가 사는 세계에 대한 의문이 발생한다. 그 의문은 부당한 권위가 발생했던 과거의 체제가 끝났다고 해서 사라지는 게 아니다. 당신의 죽음 이후의 삶을 상상하는 방법은 이 의문을 계속 이어 나가는 일이다. 비록 그 상상이 다시 한 번 애증의 '그'와 대면해야 하거나 또 다른 방식의 부당한 체제가 작동하는 계기가 될지라도 말이다. 따라서 당신을 호명하는 일은 그

---

7 들뢰즈 & 가타리, 같은 책, p.194.

의문을 제기하는 일이자, 이미 죽은 당신에 대한 불가능한
서사의 시작이 된다.

「처음에 대한 이야기」에서도 당신에 관한 기묘한 이야기
들이 펼쳐진다. 아버지의 혀를 잘라 늪 속에 빠뜨린 그녀.
혀는 그 안에서 처음으로 고래가 되어 아직 태어나지 않은
아기들을 낳고, 거미가 물어다 준 꿈을 먹은 아이들의 배설
물들이 그림자가 되는 이야기. 혹은 그녀였던 그림자는 남
자를 낳았고, 남자는 늑대를 키웠고, 늑대는 밤을 배설해
냈고, 그 와중에 늑대의 배설물 속에서도 아기들이 발견되
었다는 또 다른 이야기. 어떤 이야기는 "아기들을 하나씩
하나씩 결코 잔인하지 않을 손가락으로 집어 꾸욱 눌러 터
뜨리고 또 꾸욱 눌러 터뜨려 버"린 '그'에 대한 것도 있다.

시인의 운명은 그가 눌러 터뜨리는 아이들 중 유일하게
살아남은 존재일 것이다. 살아남은 존재의 그림자 안에서
최초의 아픈 말들을 받아 적는 자. 그의 시는 이미 죽은 아
버지에 대한 불가능한 서사다. 시인이 구현하는 기묘한 이
야기 속에는 당신 이후의 시간을 살아가는 자의 흔적과 나
와 당신, 세계를 향한 의문이 담겨 있다. 어쩌면 시인이 말
하는 아버지는 시(詩)라는 대타자일지도 모른다. 그 어떤
이름도, 세례도 받지 않은 나의 자식들에 대한 이야기. 믿
음이 떠난 복음만큼이나 형형한 빛을 발하는 그것. 내가 이
세상에서 유일하게 만든, 아버지가 되어 버린 아이들. 아무
도 나를 온전히 보증해 줄 수 있는 자가 없는 이곳에서, 나
는 당신이 남긴 나라는 존재의 부채(負債)를 감당해 나가야

한다. 이는 내가 지닌 시라는 신념을 증명하는 일로 이어진다. 시인은 자문한다. 시라는 대타자를 향해 모든 것을 버릴 수 있는가. 시인의 순교야말로 당신이 부재하는 이곳의 서사를 가능하게 하는 동력이다.

4. 크로노스 우화집

아버지, 오랜 은둔자
오늘은 잠시 얼굴을 비추는 게 어때요
포구에 박힌 아카시아 향기가 참 좋습니다
음악은 제가 퉁길 테니
오래 묵은 그늘인 듯 검은 하늘
하얀 그믐달이 떴는데
저 그믐달 내일은 제 다리보다 가늘어지겠지요
내일은 누군가 고향에 내려가는 밤입니다
잃어버린 관절이 지금도 유영하는 밤입니다
그러니 아버지, 오랜 은둔자
우리 개펄 속에 들어앉아 만조를 기다리며
슬금슬금 술잔이나 기울입시다
쓸쓸한 전생의 촉감으로 밀물이 들어오기 전에
무딘 호미 같은 입술이 우리 잠을 흩어 놓지 않으면
누군가의 붉은 내벽에 지독하게 흡착해 보지 못한 이번 생
후회하며 저려 오는 발가락이나 잘라 먹읍시다
빈 소라 껍데기 쥐고 소변이라도 봅시다

아무래도 오늘은 누군가 아버지를 집어삼키며

어릴 적으로 돌아가자고 말할 듯하고

어쩌면 사랑이 소멸해 가는 이 구멍 속에서

저는 조금씩 탄생하고 있는 것인지도 모르겠고

—「Kronos」부분

자식들에게 배반당한 우라노스와 그의 아들 크로노스. 예수와 바울로의 순교. 신을 죽인 니체. 오이디푸스의 아버지. 이상의 아버지. 아버지는 결국 배반당하거나 살해된 이후에서야 존경받는 법의 상징으로 고양된다.[8] 당신을 향한 시인의 연민은 여기에서 비롯했을 것이다. 자신 또한 아버지가 되어 버린 아이의 운명을 지녔고, 언젠가 이름도, 세례도 받지 않은 자신의 아이들에 의해 살해당하거나, 그들을 위해 스스로 소멸될 것임을 알고 있기 때문이다. 시인은 한때 당신이 꿈꾸었던 세계를 상상한다. 불사의 신들과 필멸의 인간들 모두가 풍요롭게 사는 당신의 황금시대에 대해. 모든 이들의 얼굴과 손끝에서 향기가 감돌고, 꽃이 피고 젖과 꿀이 흐르길 바라던 그곳에 대해. 그러자 자식들을 무자비하게 집어삼키던 당신의 잔인함 뒤로 농경의 풍요를 담당하던 신 크로노스가 떠오른다. 그러나 당신이 바라던 황금시대가 지속되었다면 이곳의 역사는 이루어지지 않았을 것이다.

---

8 슬라보예 지젝, 같은 책, p.506.

혁명 이후 당신은 오랜 은둔자로 살아왔다. 신이 죽었는지 죽지 않았는지, 아버지가 죽었는지 죽지 않았는지에 대한 의문은 "누군가의 붉은 내벽에 지독하게 흡착해 보지 못한" 존재의 생을 확인하는 것으로 돌아온다. 당신조차 누군가의 생에 지독하게 흡착해 보지 못한 생. 언제나 고아였던 나. 애초부터 근본이 없던 나.(「라이카」) 신이 부재하는 시대에서 당신을 호명한다는 건, 자신을 온전히 보증해 줄 누군가의 내벽에 지독하게 흡착해 보고자 하는 존재의 간절한 요청이다. 어느 누구도 나를 온전히 보증할 수 없다는 사실은, '왜 당신은 나를 보증해 줄 수 있는 존재가 아닌가'라는 의문을 환기한다. 그 의문의 이면에는 자신을 온전히 보증해 줄 누군가에 대한 간절한 요청이 담겨 있다. 이 역설과 같은 의문과 요청이 존재의 구원이자 신념이 된다. 언제부턴가 당신의 부재마저 무관심해진 이곳, 당신 혹은 나라는 존재의 간절한 요청마저 없는 이곳에서 구원은 없다. 그러기 위해서는 당신은 영원한 의문의 대상이 되어야만 하고, 끊임없이 배반당하거나 살해되어야 한다.

들뢰즈는 "어떤 운명으로 이끌든 간에, 우리를 인간으로 만드는 것은 오이디푸스다"[9]라는 말을 남겼다. 그는 오이디푸스 우화집을 수천 년 내내 죽어 온 아버지, 그리고 이에 대응하는 아버지 이미지의 내면화가 다양한 방식으로 이루어지는 현상이라고 말한다. 박용진의 시는 오이디푸스 우

---

9 들뢰즈 & 가타리, 같은 책, p.194.

화집의 속성을 닮아 있다. 이미 죽은 당신이란 존재를 호명하는 자. 이미 죽은 당신의 기원에 대해 이야기하는 자. 그리고 다시 한 번 당신의 죽음을 모든 이들에게 공표하는 자. 시인의 언어는 심연에 은둔하는 당신이라는 존재의 초침을 부러뜨린다. 들뢰즈의 오이디푸스 우화집에 이어 박용진의 이번 시집을 '크로노스 우화집'이라고 소개하고 싶다. 심연을 품은 심해어처럼 세상이 자라나는 당신의 어두운 입안에서 그들에 대한 이야기가 흘러나온다. 옛날에 사랑했던 당신에 대한 이야기가. 세상의 기원에 대한 이야기가. 이 시대의 마지막 오이디푸스이자 바울로의 목소리가. 그 어떤 이름도, 세례도 받지 않은 그들에 대한 이야기가. 그리고 내 것이 아닌, 나도 모르게 삼켜 버린 시(詩)라는 낯설고 무한한 그것들이.